醫控天下

第二輯之 3

驚心動魄

趙奪 著

目錄

CONTENTS

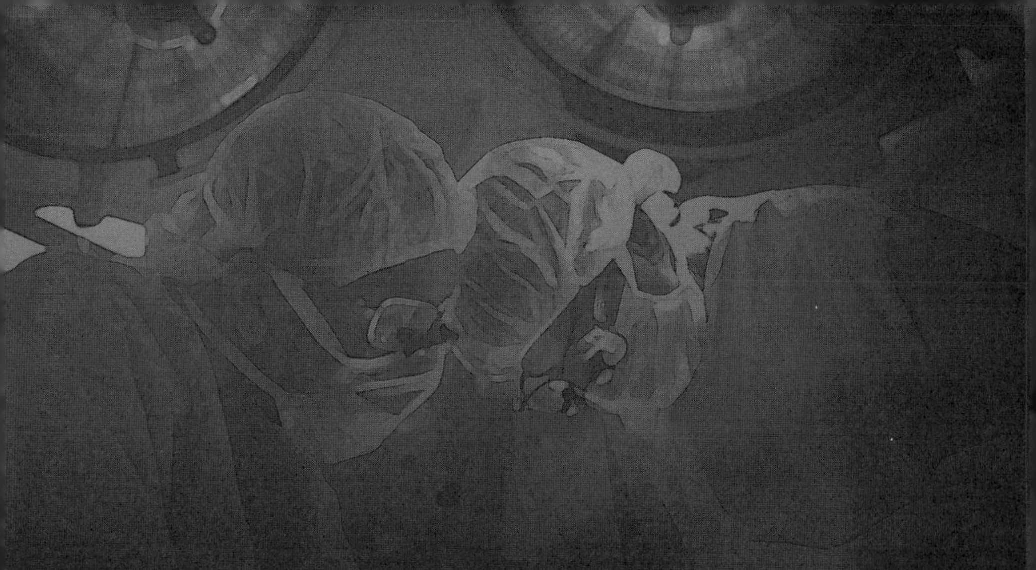

第一劑

名片策略

「博士？小夥子這麼年輕就是博士了，真是前途不可限量啊！」
王奎笑著接過名片，一看，名片上竟然寫著張凱，XXX衛生廳廳長。
「啊！我拿錯了，對不起！」李傑慌張道，
接著他把兜裏的錢包拿了出來，稀哩嘩啦地拿出了一堆名片。
王奎仔細一看，這都是一些什麼人物的名片啊：
某市副市長陸海、國家藥物管理局徐萬福主任……終於，
他看到了李傑的名片：雙料博士李傑。
王奎的腦門兒已經出汗了，這個小傢伙不得了啊！

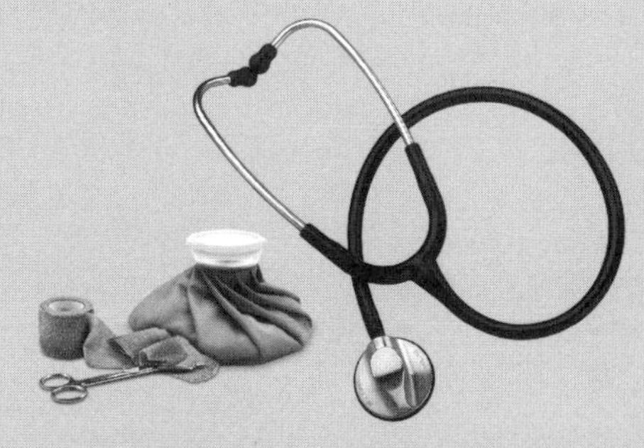

「報告！王局，目前爲止沒有發現任何線索！」一位年輕的警官報告道。

「嗯！血庫查了沒有，血液有沒有丟失的？」王局是一個四十出頭的中年人，身體健壯精力充沛，細細的眼睛中總是閃爍著智慧的光芒。

「沒有！我已經派人去查了，對所有的醫生都做了暗中的追查，沒有失蹤記錄！」

「這就奇怪了！難道中槍不治療也能不死？還真是蟑螂命啊！」王局自言自語道。

他口中的蟑螂當然是指魯奇，這次他用了大半年的時間籌畫了這次圍剿，終於大魚上鉤，沒有想到最後在圍剿這股黑勢力上功虧一簣，他錯誤地低估了這夥販毒走私的實力，更多的原因是上級支持的力度不夠，沒有派遣軍隊來協助，結果，對方憑藉巨大的火力優勢突圍而去。

這個傢伙果然厲害，王局長暗自感歎，不過他們的帶頭大哥身中一彈，很多小兄弟也受了重傷，所有藥物和醫院的醫生都在公安的監控之下。

如果他們不露頭，槍傷也能要了他們的命，現在只需要守株待兔就行了。不過他心中又隱隱感覺不妥，與這些狡猾的黑勢力周旋了這麼久，他們怎麼看都不像坐以待斃的人，王局隱隱約約地覺得，對方說不定已經解決了槍傷的問題。

「再去查查車輛，丟失的車輛及外來的車輛，特別是從京城來的車！」王局長命令道。

「是！」

王局長與魯奇是死對頭，這次魯奇算是嘗到了失敗的滋味，失敗是他人生中少有的經歷。魯奇這一生享受過很多人一輩子也享受不到的東西，因爲他是魯奇，在京城以及北方幾個省，只要提到這個名字，道上的人沒有不認識的。

他是魯奇，在黑道上達到無人企及的高度，美人、財富都是招手即至，他現在所追求的不止於此，對於他來說，財富不過是數字，美人不過是發洩工具而已，他將這個世界看成了一場遊戲，在他的世界裏只有兩個字：勝與負。

這次的失敗讓他刻骨銘心，損失了一條販毒路線不說，受傷所帶來的痛苦讓他此生難忘，就連那根木頭幾乎都被他咬爛了，所有的一切他都要加倍奉還！

不過他目前需要解決的是如何處理這個小醫生。他清醒了以後，感覺到火辣辣地疼痛，中槍的部位更是痛得厲害，不過腿卻不麻了，紮在腿上的止血帶也已撤去，腿上留下了一條觸目驚心的痕跡。

「阿強！你說李傑這個醫生如何？」魯奇問道。

「有膽識，很聰明，他救了我們，如果殺了他，恐怕在道義上說不過去！」惡鬼強說。

「你說得沒有錯，面對子彈卻能鎭靜自若，說明有膽識；在這樣的情況下跟我們討價還價，說明他很聰明；你好像少了一條，他對大飛的仁至義盡，說明他很義氣。不能殺他，很多兄弟都覺得他不錯，特別是狗子。」魯奇讚賞道。

「大哥的意思是……」惡鬼強問道。

「他不會入夥的，我也沒有這個意思。我覺得他以後會有利用價值，你給他些錢，告訴他保守秘密，否則很危險！他是聰明人，應該知道我們的意思。」

「明白了，大哥！我覺得可以多給他一些錢，聽說他家境困難，也許錢可以更讓他動心。」

「那就給十萬吧！反正這麼多錢我們也帶不走了。你要提醒他，這筆錢等風聲過了再花。他雖然聰明，但畢竟還是一個稚嫩的年輕人。」

「知道了，大哥！」

李傑不知道他們正在討論自己的事，他給魯奇做了手術以後，就與那群小弟們玩撲克。李傑玩撲克很有一手，他曾經跟一個無良的心理醫生學過，之所以說這個心理醫生無良，是因爲他將所學都用在了研究賭博心理上，他對賭博很有一套。李傑做李文育的時候很少佩服別人，但這個心理醫生是他佩服的人之一，比如經過他的研究，可以根據人的表情、動作、甚至心跳，判斷出他手中牌的好壞。如果出現意外判斷不出來，他也有辦法，可以做一些特意的動作，來暗示別人自己的牌好或不好，有的時候也會弄出一些聲響動作來影響別人。

李傑百試百靈，從來未失手過，當然，這是因爲他的對手都比較弱。這次打牌，李傑卻是時輸時贏，他可不瞭解這些人，誰知道他們是不是都有賭品，如果輸得發怒了，給自己來一槍可就完蛋了。

根據正常人的反應，贏才是最快樂的，在小命面前，輸算什麼？於是李傑就讓他們贏得高興。當然，他也不能總是輸，那樣就沒有意思了，偶爾贏幾次是必需的。

李傑這個小小的把戲，讓眾位兇悍的黑社會大哥們開懷大笑，他們拍著他的肩膀，已經將他當成了自己人。

「李傑，跟我走，送你出去！」李傑正玩得高興，突然聽見惡鬼強冷冷的聲音傳來。

不會把我拖出去斃了吧？李傑暗想。給魯奇手術的時候，他就想逃走，可是惡鬼強一直都在旁邊看著，李傑自知打不過惡鬼強，他也想過用魯奇做人質，不過又一想，這方面不是自己專長，他連槍都沒有拿過……

其實李傑有很大把握讓對方不會殺自己，但關係到身家性命，免不了會胡思亂想。

車上只有李傑和惡鬼強兩個人，李傑依然識相地閉上眼睛，一路顛簸過後，車子駕出了山區，來到一個小鎮上。

「就在這裏下車吧！你是聰明人，應該知道怎麼做，你必須忘記這兩天發生的所有事情！」惡鬼強的聲音讓李傑如置身於冰窖之中。

「你放心，不過我希望你們以後不要找我了，從今以後誰也不認識誰！」李傑說完就要下車，卻被惡鬼強一把抓住了。

「拿著！你的報酬，這些錢等半年以後再花吧！」說著，惡鬼強扔給李傑一個背包。

「謝謝！」說完，李傑就離開了。李傑不想拿他們的錢，不過轉念一想，如果不拿，他們會怎麼想？一個人總要有些弱點才能讓別人放心，那就讓他們覺得他貪財吧！

惡鬼強在送李傑來到小鎮上後就開車走了，望著正在消散的滾滾塵煙，李傑終於鬆了口氣，一切都彷彿在夢中，這次生死經歷著實刺激！

顛了顛手中的包裹，分量還不輕，雖然不知道具體數目，但應該是一筆鉅款。李傑將包隨意搭在肩膀上，向著小鎮走去。

典型的北方小鎮，李傑喜歡叫這樣的小鎮爲一條街小鎮，也就是說，這個小鎮根本不能算個鎮子，就是一條街，全是商鋪和農家。

李傑找了個地方準備吃飯，順便打聽了一下地理位置。這裏就是D鎮，距離自己家不是很遠，李傑不由苦笑，竟然被抓回家來了。想想自己兩天一夜沒有去醫院，不知道母親是怎麼過的。

想到母親可能還沒有吃飯，李傑再也吃不下去了，結了賬便出去找個地方給醫院打電話。

李傑記憶力很好，特別是記電話號碼，這是他泡妞時練出來的，沒想到這次竟然用上了，他在電話中直接找了江海洋，從通話中才知道他一直在照顧母親，而母親則以爲自己回家接姐姐和父親了。

李傑終於安心了，便找車回家。距離上次回家沒有幾個月，這次又回去了，房子應該建好了吧？

家永遠都是最好的地方，因爲家生養了你，家裏有親人。

李傑回到家，最舒服的就是睡覺了，在黑社會這幾天裏，他雖然看似平靜地鬥智鬥勇，但沒有一刻不提心吊膽，精神處於極度疲勞狀態。

回到家精神上放鬆了以後，疲勞感立刻襲來，他向家裏人彙報了母親的情況以後，再也堅持不住，倒在炕上睡著了。

姐姐看到李傑回來很是高興，聊了一會兒就去做飯，做好飯卻發現弟弟竟然睡著了。他一定很累了，李英心想，除了那次病倒，再也沒見過他睡得這麼香。她很羨慕弟弟能上大學，有的時候她非常恨自己是個女人。因為女孩子不能上學，不過多數時候，她默默地承受著命運的安排。

看著熟睡的李傑，李英覺得，不到兩年的時間，弟弟變化太大了，變得成熟穩重了，有的時候還會做出一些不可思議的事情。她坐到李傑身邊，禁不住用手摸了摸他的頭。

熟睡中的李傑並沒有因此而驚醒，他此刻正在夢中，夢見給父母給姐姐買了一幢大房子……

第二天，李傑就帶著父親和姐姐離開了家鄉，母親還在醫院裏，家裏只能暫時拜託鄉親們照顧一下。父親本來放不下家裏，想讓姐姐一個人去，但是李傑有自己的打算。

在經歷了生存與死亡，絕望與希望的洗禮後，李傑看透了很多。現在他看起來沒有任何異樣，好像沒有發生過任何事情，他明白，事情既然已經過去了，就要儘快地恢復正常的生活。

他被綁架的時候，正要去醫院附近找房子。這次帶了姐姐和父親來，房子還沒有弄好。有錢好辦事，這話沒有錯，李傑出價合理，很快就找到了一幢房子，當然他用的是自己的錢。惡鬼強給的錢，他原封不動地放在那裏。

家人就暫時住這裏了，一直等到母親出院，一切似乎都在向著好的方向發展，姐姐和父親全心全意地照顧母親，不會有問題。還有弟弟，這一年是他的高考年，高考對於一個人來說，很大程度地決定了未來的命運。現在弟弟住校，等放假的時候去接他吧。

李傑收拾完了新租的房子，又買了生活用品，已經到晚上了。忙活了一天後，帶著父親與姐姐去吃飯，破天荒地要了酒。

今天父親很高興，他想陪父親好好喝一點兒，父親是很喜歡酒的，但是家中困難他捨不得喝酒。

李傑在租房子的時候就想繼續自己的計畫：開一家藥店，算是做一個投資。更重要的是，可以讓父母告別面朝黃土背朝天的農民生活，讓姐姐離開鄉村，一個封建的環境總是有閒言閒語，在這裏，姐姐可以有一個新的環境。

可是，藥店的手續是很難辦的，沒有門路根本走不通，這是一直困擾他的問題。

酒至半酣，電視裏播放的一個新聞吸引了他，一則關於上源集團董事長魯俊的新聞，這個人是十大傑出青年、青年富豪等等。這不就是那個濃眉大眼，貌似忠良的胖子麼?他就是化成灰，李傑也不會忘記他！

一個隱藏的身分，是的！接下來則是另一個消息，又是他的一個熟人——張凱的調任資訊。

李傑立刻放下筷子，已經知道如何解決困擾他的問題。上天果然是公平，前兩天還那麼倒楣，今日竟然來了一個大翻轉！

「怎麼了?」父親不解地問道。

「爹，我出去打個電話，你等著我啊，馬上就回來。」看了看時間，現在天還沒有黑透。

李傑是個急性子，穿過馬路，找了個公用電話撥了一串電話號碼，嘟嘟嘟的幾聲後終於傳來了聲音。

「請問，你找誰?」一個柔柔的聲音說道。

「張璇麼?我是李傑！」李傑聽到聲音就知道是張璇。

「啊!李傑?你回到家了麼?」張璇接到李傑的電話，顯然很興奮。

「是啊，我到家了！」李傑含糊道。

「那你怎麼不早給我打電話啊？」張璇埋怨道。

「我這不是到家就給你打了麼？我這裏窮鄉僻壤沒有電話啊！」

「你給石清打電話了麼？」

李傑無語了，張璇竟然問這個。

「怎麼不說話？」

「沒有打！」李傑不善於撒謊，只有實話實說。

「這說明我在你心中比她重要吧！」張璇高興地說。

「隨便你怎麼想！你爸爸呢？」李傑沒有心情跟她鬧下去，直接說明打電話的目的。

「我就知道你喜歡我多一點！」張璇卻跟沒聽到一樣，繼續說道。

「你爸爸呢？我找他有點事情！」

「你自己叫他去，我不管！」張璇有些生氣了。

難道他們父女關係還是不好？李傑暗想，於是柔聲道：「別要小孩子脾氣好不好？」

「我掛了，你再打來吧，他會接電話的，你要記得有空多給我打電話！」電話掛掉了。

李傑無奈，只能再次撥過去，過了好一會兒也沒有人接，一直是忙音。張凱可能不在家，張璇這個小妖精不知道又在搞什麼鬼。於是他又重打了一遍，他知道張璇肯定是故意的，讓自己打過去給她道歉，沒有辦法，要找張凱還得拜託他女兒。

「你怎麼還打？」張璇微怒的聲音響起。

「張璇別生氣，我找你爸爸真有正經事！」

「那找我就不是正經事了？」

「是，所以剛剛電話先打到你那裏了麼。」李傑有些無奈，這個丫頭真是纏人。

「那你是不想我了？」

「嗯。」

「你現在在幹什麼？」

「當然是在打電話。」

「我就知道你在想我，想我很難受吧？那就早點回來找我！」

李傑無奈，這個張璇！又聊了一會兒，李傑終於忍不下去了。

「張璇，好了，不跟你說了，錢都花電話費上了！你告訴我你爸爸的電話，我找他還有事情呢。」

「嗯，鑒於你剛剛表現不錯，就饒恕你吧。好了，我掛了，你再打過來吧！」

「張璇，你別鬧了行麼？」

「我沒有鬧，剛剛我把電話線拔了下來，所以電話沒有響，他在家。你打這次他就會接了！以後要記住多給我打電話啊！親我一下！」張璇前幾句話聲音特別小，似乎怕人聽到一般，後面的聲音特別是「親我一下」，聲音又特別大，似乎要讓所有人知道一樣。

李傑拿著電話徹底無語，在張璇掛掉電話的一刻起，他已經明白了，自己可能上當了。太小看女人了，張璇這小妖精聰明得不得了，自己卻總是被她可愛的外表欺騙，竟然又被她玩了一回，她早就算計好了自己會再打過去。

再次打過去，真是張凱接的電話。

「張叔叔好，我是李傑！」

「哦，原來是李傑啊！聽說你回家了，還好吧？」李傑一聽，什麼叫「原來是李傑啊」，看來他果然聽到張璇說話了。

李傑覺得冷汗直流，心中暗想，張璇真是個心機深的小丫頭，第一次打電話的時候，她肯定就已經算計好了，聲音一會兒大一會兒小的，是故意給她爸爸聽的。她聽出來自己有求於她父親，於是假裝生氣，讓自己打第二次，還拔了電話線，不知道又用什麼辦法讓張凱聽到她在打電話，讓張凱誤以爲自己喜歡他的女兒不能自拔。

李傑回想了一下剛才的對話，張璇故意說一些聽起來亂七八糟的話，都是說給張凱聽的。這次真是被張璇算計了，真是可惡，回去一定好好收拾她。

如果換了別人，也許會照顧一下女兒的男朋友，但是張凱正經是一個老古董，清高如海瑞一般的人物，根本不會因爲這個原因去幫助李傑。

李傑不能多想，眼前重要的是對付張凱。

「我還好，聽說您當選衛生廳正廳長了，恭喜您啊！」這個消息李傑是從小酒館的電視中看到的，上次陸浩昌的慶功會上，就聽說張凱好像升官了。

「你小子也會拍馬屁了啊！」

「其實我是有些事情要問您。」接著，李傑就把開藥店的問題說了一下，如他所料，張凱說的都是政策話，他爲人永遠都是這樣，不會徇私。

不過，李傑也沒有指望他給開綠燈，他只要求張凱能夠給一句話：按政策辦事，符合條件就行！

李傑戰戰兢兢地打完電話，張凱沒有說女兒的事情，只是讓他有空多來家裏玩。事情辦得差不多了，李傑又打了一個電話，他這次走得匆忙，只是簡單跟石清道個別，在家裏似乎要待十幾天。其實早應該給石清打的，要不，石清又要誤會自己了。

可是，等了好一陣也沒有人接，無奈，只能等下次了。

藥品證件主要需要工商局的營業執照，藥監局的藥品經營許可證。今天天色已晚，只能等明天再去辦理了，李傑這一夜睡得很甜美，他覺得上天還是很眷顧自己的，竟然運氣這麼好，碰到張凱當選衛生廳廳長。

張凱當選衛生廳廳長，這是一個很高的職務，如果僅僅是這樣，他對李傑也沒有什麼幫助，最重要的是他主管北方幾省醫療的試點工作，其中就包括李傑所在的城市。不過，這個張凱為人太迂腐，就算李傑是他的女婿，也不一定會開綠燈。

所以，一切還要靠自己想辦法，小小利用一下張凱大叔。

L市食品藥品監督管理局，簡稱藥監局，是一個較輕鬆的地方，局長王奎今年已經五十多歲了，快要退休了，經常性的應酬讓他養成了一個圓圓的啤酒肚，他每天都是笑瞇瞇的，下屬們都很喜歡這個和善的局長。

「王局長，有人找您！」王奎正在辦公室看報紙的時候，有人敲門說。

「就說我不在，不，讓他進來吧！」王奎升職無望的情況下，凡事都求穩妥，對方既然指名找他，也許是哪個熟人或者領導派來的。

「王局長您好！初次見面，我叫李傑。」來的不是別人，正是李傑。

「李傑？你找我有什麼事情啊？」

「是這樣的，我剛剛從中華醫科研修院畢業拿到博士學位，想回到家鄉來創業發展。」李傑說著，從兜裏翻出一張名片，遞給王奎。

李傑早上一起來，就花錢列印名片去了，他設計的名片很簡單，名字，臨床醫學與製藥工程雙博士頭銜。

「博士？小夥子這麼年輕就是博士了，真是前途不可限量啊！」王奎笑著接過名片，一看，名片上竟然寫著張凱，XXX衛生廳廳長。

「啊！我拿錯了，對不起！」李傑慌張道，接著他把兜裏的錢包拿了出來，稀哩嘩啦地拿出了一堆名片。

王奎仔細一看，這都是一些什麼人物的名片啊：某市副市長陸海、國家藥物管理局徐萬福主任……終於，他看到了李傑的名片：雙料博士李傑。王奎的腦門兒已經出汗了，這個小傢伙不得了啊！

看來似乎大有門路！不過王奎能爬上局長的位置，也不是傻瓜。王奎覺得眼前這個人只有兩種可能：一是騙子，二是的確後台很硬。不過，他覺得後者的機會大一些，因爲李傑名片上的幾個人，他是認識的，其中有一個北方藥業集團的董事長趙超，李傑手裏是他的專屬金卡名片，趙超只給真正的關係親密的人，給其他的夥伴只是普通的款式。

李傑的心在怦怦亂跳，他這麼做有點兒冒險了，這個計策也是他昨天晚上才想到的。上次陸浩昌教授的慶功會上，李傑認識了很多成功人士，自然也收集了他們很多名片，還好這次帶來了，而且發揮了極大的作用。特別是北方藥業集團董事長趙超的名片，趙超那天給李傑這張專屬的名片，是因爲他當時沒有帶其他名片，並不是他很看得起李傑，一切不過是巧合而已。

李傑其實根本不知道趙超的名片還是分類型的，這也是他運氣比較好，正好拿到了專屬名片，同時也遇到了識貨的王奎局長。倒楣的時候，多說一句話也能被綁架，運氣好的時候，困難在無形中就消失了。

「李傑啊！來，坐下說！」王奎熱情地招呼李傑坐下，又吩咐秘書倒了茶水。

「王局長，我找您，是求您辦點事情的，我想在咱們市開家藥店，我聽張叔說《藥品經營許可證》還需要您來審批，就冒昧地找您來了！您放心，我會按照規矩辦事的。」李傑說「按規矩辦事」，讓王奎聽了很受用。所謂規矩就是在審核上要大體通過，還有一個就是潛規則送禮了。

「小夥子很有幹勁麼！你放心，只要你的藥店合格，就可以審批。」

「張凱叔叔說，我必須嚴格按照政策辦事，還教育我一定要好好幹，不能給您添麻煩！」李傑笑道。他說的可是實話，張凱的確是這麼說的，這也是李傑昨天給張凱打電話的原因，其實他也怕王奎不相信自己，從而向張凱求證，於是把張凱的原話說給王奎聽，至於對方怎麼想，那是他的事情了。

張凱教育李傑，讓他遵紀守法，不能走後門拉關係，可是這話到了王奎耳朵裏就不一樣了，張凱升職成爲了廳長，還主管他們……

「張廳長鐵面無私，我是聽說過的，你們是親戚麼？」王奎試探道，雖然他已經相信了李傑九成，但如果有試探的機會，這個老人精還是不會放過。

「不，我們不是親戚，但……我跟他女兒是……嗯，是好朋友！」李傑故意說得吞吞吐吐，有些不好意思的樣子。如果可以裝臉紅，李傑肯定會讓自己的臉變紅，看起來更加像一點。爲了事業只能犧牲一下了，李傑心想，同時也在心中請求石清的原諒。

王奎一下就明白了，敢情這個小子是張凱的女婿啊，要不然，怎麼年紀輕輕的就是雙料博士，而且還能認識這麼多權貴！

王奎徹底被李傑引入了圈套中，完全打消了疑慮。

「藥店的地址都選擇好了沒有？」王奎熱情地問道。

「這還需要靠您的指導，我在L市也沒有什麼親人，如果您不嫌棄，請允許我叫您一聲王叔！」李傑覺得自己的嘴臉有點噁心，不過有的時候必須忍耐一下。

王奎很是高興，這個年代科技人才是很值錢的，大學生都不多，更別說博士生了，而且眼前的這個小夥子的背景實力也很大，大到無法估計，他認自己叔叔，自己倒是穩賺不賠。

「你不嫌棄我又老又麻煩就好啊！」王奎笑道。

「王叔叔你正當壯年，怎麼會老？我都覺得現在這個位置都是屈才！」千穿萬穿馬屁不穿，李傑的話肉麻至極，就連王奎自己都知道不可能再升職了，但聽了這話還是很高興，他現在是真正喜歡上這個小夥子了。

「其實我的身體不是很好，肝臟已經有點毛病了，酒都不能喝了，今天晚上還有人找我喝酒。對了，你今天晚上跟我去吧！」王奎說道。

「我？這不好吧！」李傑推辭道。其實，他聽到喝酒就害怕，官場上這些人喝酒都嚇人。他還記得一個順口溜說：喝酒像喝湯，此人是工商；喝酒不用勸，工作在法院；舉杯一口乾，必定是公安；八兩都不醉，這人是國稅；起步就一斤，準是解放軍！

王奎的酒友肯定都是這些人，王奎也不是弱者，李傑給這個順口溜還加了一句：二斤都不倒，是醫藥代表！

「有什麼不好的？晚上還有工商局的萬局長，正好讓他把營業執照辦了，早點把證弄齊全了，不是能早開業麼！」

李傑只能點頭稱是，心裏卻在暗暗叫苦，北方人本來就能喝酒，再加上這些酒桌的常客，自己有醉死的可能。

「王叔，您剛剛說了您的肝臟不好，不應該多喝酒，不過朋友間高興，酒是不能少的，我給你弄點藥，先吃了不傷害肝臟的。」李傑建議道。

他這麼一說，王奎果然贊同，李傑去中藥店買了葛花、拐棗、黑大豆、甘草等幾味藥，配製成解酒藥。這是他在李文育時代的解救配方，一個朋友送給他的，這種藥能縮短酒精在體內的停留時間，減輕酒精對人體各個器官的損害，後來這個朋友用此配方賺了不少錢。

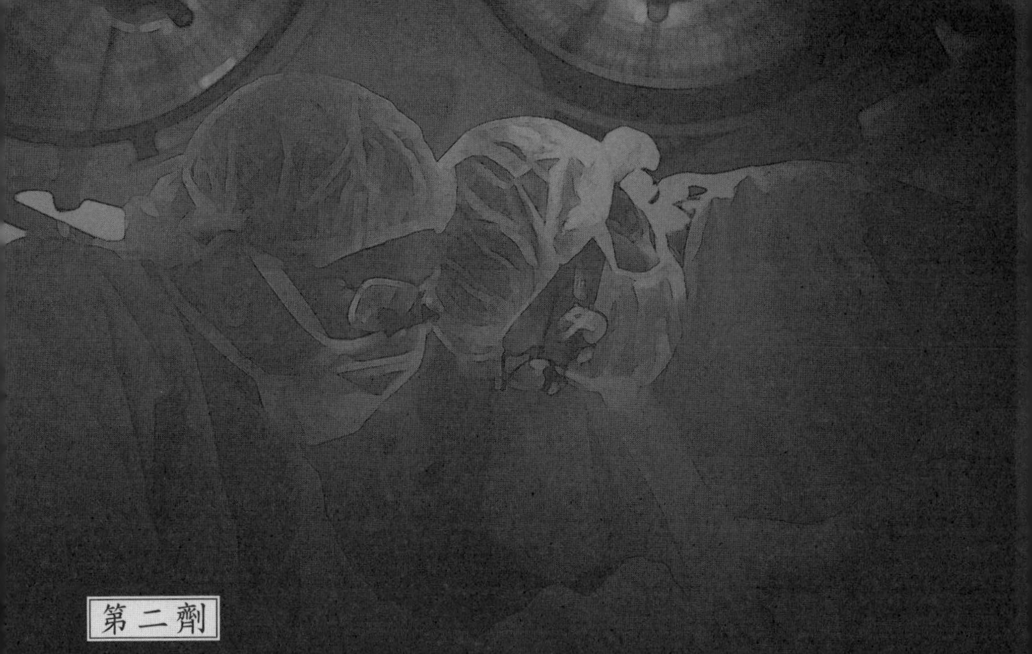

第二劑

副市長的肝癌

胡醫生直接到了副市長的床前，伸手摸了摸額頭，然後在又上腹部按壓進行肝臟觸診。

「家裏有寵物麼？」胡醫生問道。

「有一隻貓！」

「做肝臟穿刺，取樣鏡下檢查！」

「老胡，你什麼意思？懷疑我的診斷麼？」又一位醫生說道。

「沒什麼意思，結果出來了就知道誰對誰錯！」胡醫生說完轉身就走了。

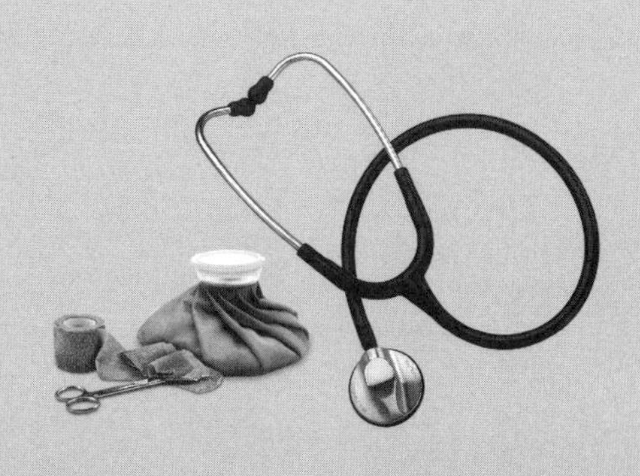

第二天一早，太陽已經升得老高，陽光照射在李傑的臉上，他翻了幾個身突然覺得不能再賴床了，一下子跳起來，這才發現自己睡在一個陌生的房間裏。靠！難道又穿越了？李傑甩了甩頭，感覺清醒了不少，這才想起來不過是喝醉了，不知道被誰扛了回來。

想起昨天，李傑就覺得恐怖，他雖然提前吃了解酒藥，依然抵擋不住這些強人的攻擊，只記得在工商局局長、刑警隊隊長，還有在若干酒桌強人的進攻下，他喝了不到一圈就倒了。

雖然醉得難受，但他卻知道昨天的罪沒有白受，隱隱約約記得工商局萬局長答應給他辦營業執照。

李傑雖然喝了很多，但是頭卻不痛。因爲喝的都是茅台等名酒，當然不頭痛。雖然很難受，不過李傑覺得這頓酒值得，畢竟得到了一個承諾，不過必須馬上去要求他兌現，誰都知道酒後承諾最不準。

李傑爬起床，穿好了衣服，打開房門一看，心裏暗叫：真是不得了！

這是一個裝潢豪華的房間，在寬大的客廳中，一個三十多歲的妖豔婦人正躺在沙發上看電視，李傑一下子愣住了，不知道怎麼辦才好。

這是誰啊？還沒有穿衣服！難道李傑的處男生涯毀在她的手裏了？

「李傑，你醒了啊！餓了沒？我給你弄點吃的！」婦人發覺李傑醒來，轉頭說道。

「這？我這是在哪裏？」

「哦，這是你王叔叔的家，我是他妻子。昨天你們倆都喝得爛醉，老王的秘書把你們送回來的。」她的話讓李傑鬆了一口氣，慶幸自己的處男還沒有被破掉。

「謝謝王嬸了！我還有事，我先走了。」李傑可不敢留在這裏吃飯，作爲李文育，他自有一套女人鑒定方法，眼前這個女人豐滿妖嬈，眼流秋波，一看就是一個不甘寂寞的人。如果是李文育，倒是喜歡這樣的，但現在他害怕，李文育是一個花花公子，李傑可是一個純潔的人。

這個妖豔豐滿的少婦是他的嬸嬸，一個三十多歲妖媚動人的嬸嬸，真是讓人接受不了。

「老王說你醒了就去找他，別忘記了！」少婦望著離去的李傑，幽幽地說道。

李傑很想回去看看母親，自己一夜沒有回家，或許他們會擔心，但是現在緊要關頭，也顧不了那麼多了，趁熱打鐵的道理他還是知道的。李傑取了一筆錢，分別包了兩個一千八百八十八元的紅包，打算給藥監局王局長和工商局萬局長一人一個。

這也是按規矩辦事，李傑安慰自己道。當初自己的學費也就是這麼多，他爲了這點錢費了那麼大力氣，還賠上了姐姐的幸福，現在卻要拿著這些錢去送人，真是可悲啊！

其實，李傑現在所做的很大一部分是爲了姐姐，如果在京城創業，會容易一些，他選擇在家鄉開藥店，在開業那天將藥店送給姐姐，姐姐能換個環境或許會更快樂一點，也許能重新開始，她不過才二十多歲。

同時這也是對父母的孝敬，這裏是家鄉，人老了就不想離開家鄉，從農村搬到縣城裏，父母應該是會同意的。這樣，畢竟還能看到鄉親們，而且有了藥店，老人就不用在鄉下種地了，藥店的利潤足夠養活他們。

李傑剛剛到藥監局，就有人熱情地招呼他，王奎此刻正在開會，李傑必須等一陣子。藥監局的一些員工們對這樣的事情，已經嗅覺靈敏得堪比動物，李傑認王奎當叔叔不過一天的事情，卻被人猜測得八九不離十。

李傑看起來貌似一個忠厚的學生，但實際上，他是一個有著豐富社會經驗的醫生。這些人不過都是在討好他，或在試探他的底子，於是，他有一句沒一句地聊著。言多必有失，說多了說不定就露餡了，好不容易等王奎開完會，李傑趕緊擺脫這些傢伙，跟著王奎溜走了。

「李傑啊，久等了吧！我們現在就去工商局，昨天萬永軍那個老傢伙可是答應你了，你可不要鬆口，你要咬定了局長大人說話不能不算數啊！」

「王叔，難道萬局長還會說話不算數？」

「酒桌上的話，怎麼能當真？他這個人，人品一直就有問題，喜歡反悔。其實，我是怕他逼你買他小舅子開發的門市房！」

李傑不由得一陣感動，王奎對自己還真不錯，真的關心自己。

「王叔，您給我說說，那個門市房是怎麼回事？」

「這要從他小舅子說起。」王奎點燃了一支煙，緩緩地解釋給李傑聽。

原來這個萬局長有一個小舅子是搞房產開發的，萬局長也是合夥人之一，他們利用職權關係開發了一片土地，把這片土地建成了一條商業街，房子建設得很快，品質也很好，但不知道什麼原因就是不好賣，這就造成了資金回籠速度不夠，但他們竟然不顧資金斷鏈的風險，又在附近開發了另一片住宅樓。因爲多處開發，造成資金周轉不靈，他們想了很多促銷的手段，但是效果卻不是很明顯，於是，作爲工商局局長的萬永軍想出了一個陰損的招數，就是利用他的職權來逼迫別人買他的房子。你想辦營業執照也可以，但必須買他小舅子開發的門市房，否則堅決不給辦。這個招陰損之極，但也讓他們賣出去了不少房子，但目前賣出去的錢，還不夠塡補他們投資留下的資金缺口。

李傑又具體詢問了一個房地產的具體位置，盤算了一下，心中已經有了主意。

載著李傑和王奎的小汽車一路駛向工商局。小城市各個局之間的關係都比較密切，車都沒有人檢查，直接開了進去。

又是一個局長的辦公室，李傑發現每個單位頭領的辦公室都有自己的特點，粗略地可以分爲兩派，學校的領導、醫院的領導不缺錢，但是辦公室以儉樸爲主，透露出濃濃的書卷氣，這是學術研究派的領導。這次見識到的藥監局和工商局長的辦公室卻是另一個風格，奢華氣派占了主流，這是真正的權利派領導。

「老王啊，什麼風把你吹來了？哎呀，還有小李啊！來，坐！」萬永軍熱情地招呼道。

「老萬，你這樣可不對啊，你這是明知故問，我們來幹什麼，你可知道的啊，昨天答應的事情，您不能忘記啊！是吧，小傑！」王奎微笑著說道。

「是啊！萬局長。你昨天答應我，今天給我的藥店辦執照啊！我先謝謝你了。」李傑說道。

「可是，我昨天聽說你的房子還沒有弄好，這樣，我這裏正好有一套房子，是熟人開發的，算你七折，地段還不錯，怎麼樣？我給你辦執照總不能不按規矩吧！咱們雖然關係不錯，但還是要按政策辦事。」萬局長笑瞇瞇說著。

李傑一聽，這傢伙昨天喝得那麼多還清醒啊，竟然還想著賣房子，原來他答應給自己辦執照，就是看到了自己沒有營業房。

「老萬，你可先別提你的房子了，先辦了執照再去看房子！」

「哎！老王啊，咱們也得按規矩辦事是不？我這個房子也不錯啊！李傑，你來看看？當長輩的能讓你吃虧麼？你看這地段，人流量很好，而且馬上就開發成高級住宅了。」萬永軍此刻變成了一個精明的商品樓銷售商。

王奎不覺有些氣悶，這個萬永軍做人很無賴，在L市都是出了名的，誰的面子也不給，但是誰都拿他沒有辦法，因爲省裏的一個領導是他父親的戰友，他父親死了以後，那個領導一直在照顧他。

王奎很想幫李傑，現在他已經認定了李傑就是張凱的女婿，他這麼年輕就來做生意，說不定就是張凱派來的，現在幫了他，就是給自己多鋪了一條路。不過這個萬永軍很是無賴，讓人沒有辦法。

「那這樣吧，你帶著我去看看這地方吧。我相信萬局長推薦的肯定不會差。」李傑淡淡說道。

王奎不知道李傑在想什麼，但是今天看來，這個姓萬的是不會輕易鬆口。

十幾分鐘的工夫，三個人就到了目的地。這是一個典型的商業街，可以說是步行街的早期形態，兩邊都是三層高的樓房，街道的兩側是寬闊的馬路，附近還有不少低矮的小房子，但是附近的大樓已經拔地而起。地理位置不錯，人流也不少。其實這個地方李傑來過，他說是來看看，不過是做做樣子。

「王叔叔，我看這裏也不錯啊！」李傑東張西望了一番說道。

「還是李傑眼光好，老王你看到沒？這就是慧眼！你老了，不行嘍！」萬永軍笑道。

王奎差點沒氣死，他想提醒李傑，但又不知道他要搞什麼鬼。

「李傑，你可看好了啊！」王奎決定還是提醒他一下。人老成精，李傑這檔子事，他能少摻和就儘量少摻和。如果他真是張凱派來的，自己出主意讓他損失了錢，那可是罪過。如果不出主意的話，張凱說不定又會怪他，又是得罪人。所以他只是提醒，免得日後怪罪他。當官也不是那麼容易的，總是讓人左右爲難。

「萬局長，你能做主賣房子麼？」

「我這個當姐夫的，當然能做得了主。那小子還敢不聽我的？怎麼樣？我算你便宜點。」萬永軍拍著胸脯說道。

「這個地方人流不怎麼多啊！萬局長，你說這裏開店行麼？」李傑裝出一副不懂的模樣。

「你放心，這裏肯定行，你看你要開藥店麼不是，這裏距離第三人民醫院也不遠，相信我的話，咱當長輩的不會騙你。」萬永軍說道。

「那我就要最靠近三醫院那邊的吧，還沒有賣出去吧？」李傑指著商業街的幾個門面說道。

商業街因爲剛剛建好幾個月，還沒有得到人們認可，所以銷售並不是很好，只有少數的店面開業，多數爲出售服裝、家電鐘錶、化妝品一類的商品。

商業街最兩側的房子是最好的，價格也是最高的，李傑本來想要，卻已經被人搶佔了，剩下的也有好店面，步行街中間是有一條不寬的小路，直接通向第三人民醫院。

李傑選擇的鋪面就是這條小路對著的店面。這個店面也許只有李傑一個人看好，換作其他人也許會對這個位置嗤之以鼻。

「就定下這個房子，我們簽合同吧！」萬永軍說道。

「別著急啊，萬局長，這四套房子的一樓我都要，但是樓上不要，而且你給我打七折不行，我要五折！」

「什麼？你要四套？」萬永軍吃驚道。

王奎也驚得說不出話來，他不知道這個侄子在想什麼。

「是的，我要這四套！」李傑指著其中四套說道。

萬永軍的腦袋似乎在飛速運轉著，五折的話他基本沒有賺頭，但是他的大樓正在等著用錢，現在缺口已經填補不上了。還有就是，李傑選擇的這幾個門面根本無人問津，就是出租也不是那麼容易。如果此刻不賣，也許就砸到手裏了。考慮了一下後，他最後決定賣了，一是可以給王奎個面子，成全了他，第二是可以收攏一些資金。

「看在王局長的面子上，成交，五折，不過必須現金一次性付款，不能拖欠！」萬永軍說道。

「那現在可以給我辦營業執照了吧！」

「那一定的！」萬永軍滿臉堆笑地道。

王奎卻坐不住了，拉著李傑說道：「你可想好了，你不是還需要雇傭藥劑師、購買器械，以及周轉資金！」

李傑聽得出來，他是在勸說自己不要衝動，但李傑絕對不是衝動，從頭到尾他都是經過深思熟慮的。

其實在王奎提醒說萬永軍強賣門市的時候，李傑就考慮過了。在被魯奇那夥黑社會綁架以前，他曾經在L市轉過一圈，也來過萬永軍小舅子開發的門市，那片地其實還不錯，所以賣得那麼差，也是時代的原因。這次來看了一下地段，李傑覺得這裏也算市中心地帶，隨著城市的發展，開發起來是早晚的事。

這個時代，人們還是都習慣去百貨商場，步行街還沒有興起，不過這種狀況很快會改變。人們很快會發現這些私營的小店比國營的商場經營要靈活，物美價廉更能吸引顧客。

李傑只是知道，在李文育的那個社會，也可以說是未來，這樣的步行街才是真正的主流購物地點。這裏屬於商業區，附近也是居民區，還臨近第三醫院，藥店開到這樣的步行街上都是很賺錢的。

「王叔，你就相信我的眼光吧，等著參加我的開業慶典吧，我希望您能作為貴賓來剪綵！」

王奎知道自己已經無法改變李傑的主意，只能在心中暗暗歎氣，就此作罷。

「老王，你看李傑多有氣魄！還有什麼要求你就直接說，我肯定幫忙！」萬永軍說道。

「萬局長，你這金口開了，我有事情就找你了。現在我就求你一件事，這房子後面開發的住宅不也是你們的麼？你給我這個藥店弄一個小倉庫吧！」李傑笑著說。

萬永軍立刻為自己的話後悔了，他昨天已經無賴過一次，說幫李傑辦執照，今天卻又強

賣門市房。饒是他臉皮不是一般地厚，這時也感到臉面發燙。

「倉庫可以建，價格方面你要跟我小舅子商量！」萬永軍含糊道。王奎不禁暗罵萬永軍以後叫萬臉皮算了，真是臉皮厚得可以，這次竟然又推脫給他的小舅子。

「你看，我買了四套，你還不送我個五十平米的倉庫啊！你不是說你能做主麼？」李傑也覺得這個傢伙真是厚臉皮，不禁感覺氣惱。

「送不行，便宜賣你，五千塊錢怎麼樣？跟送差不多了。」萬永軍討價還價道。

李傑不禁暗罵萬局長奸詐貪婪，但是他卻笑著說：「這樣也行，這裏的住宅也是您開發的，我如果再買套住宅，您就給我算個六五折吧！」

「不，不行！讓我白送你算了。」萬永軍擺手搖頭道。

「好！倉庫白送我，我買個三樓的居室。萬局長，您可真是好人！」李傑說道。

「李傑，我看你還真有商人的天賦，倉庫送你，但是房子不能便宜。」萬永軍說道。

李傑其實已經猜到了萬永軍的資金鏈有問題，這也正是他的弱點，因此繼續說道：「你看，你這個房子還沒有建好，我就訂了一套，我可以明天把錢一起給你，但是你必須給我七折怎麼樣？要不，我也不打算買這裏的門面房了，住得太遠我可不願意啊！」

李傑還是抓萬局長資金不足的弱點，房地產商人玩的就是資本遊戲，他們貸款銀行的錢開發土地，賣掉以後還錢，然後再借錢。地產商最容易發生的就是資金鏈的斷裂。資金阻斷如果處理不好，可能辛辛苦苦賺的錢都會被銀行收回去。

「可以！」萬永軍點頭道，突然又覺得不太對。李傑這個傢伙看似有些呆，卻一點都不吃虧，剛從自己的手裏套去了一個五十平米的倉庫，又用七折的價格買到了一套房子。

不過他也不虧，銀行那裏資金追得緊，這次李傑一共能給他帶來十五萬的資金，可以讓他們喘息一陣子了，剩下的資金問題可以慢慢地解決。

李傑終於可以安心了，談好了條件以後，他將紅包偷偷送給了王奎，還有一個本來應該給萬永軍局長的，但是李傑卻留下了。

萬永軍已經利用了李傑賣出去了幾套房子，李傑根本不欠他什麼人情。

李傑其實根本就不喜歡跟這些人打交道，他更喜歡回去陪母親。所以送完紅包以後，他拒絕了王奎和萬永軍的酒局，回醫院去了。

大功告成，李傑覺得心情不錯。不過，他準備把藥店弄好了，再給他們一個天大的驚喜。只是想想他們高興的樣子，李傑都覺得很快樂。這個世界最快樂的事情，或許就是讓自己愛的人過上幸福生活吧！

人在心情好的時候，就會覺得這個世界似乎變得美好了，李傑走在醫院的走廊裏，感覺連他一向討厭的消毒水味道似乎都變成花香。

「八十一，四十八，八十，還算可以啊！」李傑搖頭道。從上次被迫休假以後，他的心情一直不怎麼好，就連漂亮的妹妹都不喜歡看了。今天心情不錯，就連一個一般的妹妹，他都忍不住評了一下。

「啊！李傑，我可找到你了！」一個男人的聲音傳來，讓李傑起了一身雞皮疙瘩，通常這樣的話都是美女說的，回頭一看，竟然是江海洋，一臉怪笑地看著自己，這個傢伙該不會是「同志」吧？

「李傑！不，李老師！」江海洋一路跑過來，行禮道。

「李老師？江醫生，你沒事吧？」李傑不解道。

「不，李老師，請允許我叫您一聲老師，我一直都覺得您醫術高超，今天我問了您家人才知道，原來您是中華醫科研修院的博士，伯母的Bentall竟然是您主刀的手術，我很佩服您！」江海洋恭敬地行禮道。

「哈！原來是這個啊，沒什麼大不了的，你也可以學習麼！」李傑確定他沒病以後，終於鬆了口氣，笑著拍著他的肩膀，就像老師鼓勵自己的學生一樣。

江海洋高興得似乎在發抖，趕緊再次致謝。

李傑很是得意，成爲李傑後，還是第一次有人叫他老師，想想當時還是李文育的時候，身邊總是圍著一群請教問題的漂亮女學生。

「你別叫我老師，我們年紀差不多大，叫我李傑就行。」李傑笑道。

「不，您怎麼說也比我大，而且達者爲師，您就是我的老師！」江海洋不依不饒道。

「你上學的時候跳過級嗎？」李傑疑問道。

「沒有。」

「那你今年本科畢業幾年了？」

「我剛畢業兩年，這有什麼問題嗎？」

「沒有！」李傑鬱悶了，自己明明才十九歲，這個傢伙竟然說自己肯定比他大！仔細算一下，沒有跳過級的江海洋，現在都二十六歲了吧？這個書呆子不會看人的年齡嗎？

李傑也不理他，向母親的病房走去，走到半路，他注意到眼科的診斷室裏有面大鏡子，李傑不知道怎麼想的，竟然不管裏面正在當值的醫生，就走了進去站在鏡子前面。

鏡子裏是一個皮膚黝黑的傢伙，一頭短髮，一身很舊的衣服，看起來有點土裏土氣，一點英俊瀟灑的風度也沒有。

這是我嗎？李傑自問道，再仔細看那張臉，雖然沒有大鬍子，可是怎麼看也不是一個十九歲少年的臉。

李傑再使勁皺了一下眉頭，那抬頭紋一出來，整個一位三十多歲的大叔。世界在此刻崩塌了，李傑鬱悶了。這也不怪江海洋，誰讓自己那麼黑，長相又那麼顯老呢？還穿了這麼一身老人裝。

李傑奇怪的動作，大家都看在眼裏，他們在想，李傑是不是瘋了？李傑就這樣照完鏡子後走出眼科診斷室。

李傑想起了小飛，看來小飛這麼信任他，也是因爲他老成的面孔吧！他以爲自己是一個經驗豐富的醫生？老就老吧！不還是有不少女人喜歡自己麼，李傑想起了張璇，這小丫頭喜歡他。難道這個小丫頭是缺少父愛，來自己這裏找安慰的？想到這裏，李傑覺得自己好像沒有那麼帥了。

這個時候他又想起了石清，李傑一直都沒有考慮到兩個人年齡的差距，他總是把自己當成李文育，他已經三十多歲了，石清應該是二十五歲，兩個人在一起應該沒有什麼問題。但是現在，李傑只有十九歲，難道石清也因爲他老成的面孔，而忽略了他的年齡？

「李老師，你怎麼了？沒事吧？」江海洋關切地道。

李傑瞪了一眼這個罪魁禍首，就是他，如果他不提，自己怎麼會想到腦袋上有這麼老的一張臉！

江海洋被李傑兇惡的眼神嚇了一跳，他也感覺不對，趕緊逃跑了。

石清是不是真的不知道自己的年齡啊，這個社會，戀愛的男女相差六歲，自己倒沒有什麼想法，石清會怎麼想？

李傑轉身出了醫院，他覺得有必要給石清打個電話。他在公用電話哪裏轉了好幾圈，才下定決心撥通了電話號碼。

「嘟嘟」幾聲響後，電話的一邊傳來了石清甜美的聲音。

「石清麼？」

「你還知道給我打電話啊！」石清嗔怒道。

「我知道錯了，我們這裏窮鄉僻壤沒電話啊！」李傑撒謊道。

「胡說，有人說你給她打過電話了！」

「我承認，我給你也打了，但是沒有人接。」

「好吧，我就原諒你一次，對了，你的事情要解決了，院長希望你快回來，你回來好麼？」石清柔聲道，讓李傑感覺很爽。

「哦，這才幾天就解決了？院長怎麼做的？」李傑驚訝道。

「他把你參加的Bentall手術的事情曝光了，同時，張璇的老爸好像還幫了忙，具體的細節我也不清楚。」

「哦！」一說起張璇，李傑就恨得牙根癢癢，這個小妖精算計自己一次又一次，早晚要收拾掉她：「你怎麼不高興？小青石，你知道我生日麼？」

「怎麼問這個？不是還有兩個多月才二十歲生日嘛！怎麼？要我送你禮物啊？」

「沒什麼，我要過一陣子才回去，我是人，不是院長的狗，招手就來揮手就走的！」李傑怒道。

「好吧！我支持你，好好照顧伯母！」石清就知道李傑會拒絕回來，他的脾氣，她已經知道個八九不離十，所以也不勸他。

李傑掛掉電話，心中舒暢多了，石清是知道自己年紀的啊！看來自己的大叔臉還沒有那麼惡劣的影響。

李傑的大叔臉，很大程度上是因爲跟黑社會這幾天弄的。其實只要好好打扮一下，把剛剛長出來的小鬍子刮了，頭髮理理，再換身衣服，也沒有那麼老。

醫院的事解決了，但是李傑不打算立刻回去，這邊的藥店剛剛擺平，不能扔了，更何況自己是被趕走的，哪能說回就回的？

李傑想開了，心情也好了，哼著小曲回醫院看母親去了。姐姐和父親來了以後，母親高興多了，她一直想家，現在終於如願了。

父親還是不放心家裏，打算明天回去，這裏就留給姐姐照顧。李傑知道沒有辦法說服父親，也只能如此了。李傑給父親一些錢，讓他一個禮拜來看母親兩次。

第二天一早，李傑就早早地起床了，倒不是不賴床，而是興奮得睡不著。今天是交款的日子，能這麼便宜地拿下那幾套房子，是一件讓人興奮的事情。

李傑大清早就搭車去藥品監督管理局找王奎局長，可是到了單位，他們卻告訴他，王局長去醫院探望病人去了，那就只能自己去找萬局長了。

在李傑馬不停蹄地跑到工商局的時候，卻發現萬局長也去醫院了，而且他們兩個去的是同一個醫院，也就是李傑母親住的醫院。

能讓兩個不相干的局長同時去醫院探望的，不用說，肯定是一個大領導。

李傑到了以後，就證實了他的想法。這位領導就住在母親病房的隔壁，屋裏屋外都是人，鮮花與水果堆得像個小山。

「江海洋，這病人是誰？」做什麼事情都要先探明情況，有準備才能勝利。

「好像是副市長，聽說現階段的診斷是肝癌，不過沒有確診。」

「這是病例吧?給我看看!」李傑也不等江海洋回答，就從他手中取過病歷資料，這或許是李傑當慣了醫生的緣故，看到病患總是要去研究一下。

病人，男，三十七歲……真是不得了，李傑心道，這個傢伙真年輕，如果真得了肝癌，可要完蛋了。

症狀：有不規則發熱、盜汗等症狀，發熱以間歇型或弛張型居多，體溫三十九度，夜間熱退時伴有盜汗、食欲不振、腹脹、噁心、嘔吐，腹瀉、痢疾等症狀，消瘦、右上腹痛、肝腫大、白細胞……似乎典型的由病毒性肝炎引發的肝癌症狀，這年輕人如果死在肝癌上真是可惜了，要是有核磁共振就好了，能進一步確診……

「胡老師，您來了?啊!這裏不能抽煙?」李傑正在專心思考地時候，江海洋卻在哇哇亂叫著。

一個滿面鬍渣的中年人叼著煙晃了進來，李傑覺得這個傢伙挺有自己當年的風範，白大褂敞開了當風衣……

「我這不沒點著麼?叼著過癮也不行?」胡醫生沒好氣道。

「胡老師，我看見您抽煙可沒有事，要是別人看到可不好!」江海洋勸說道。

胡醫生也不理他，看了看正在閱讀病歷的李傑問道：「他是?新來的醫生?怎麼比我還囂張，不穿白大褂？是不都欺負我啊，怎麼不管他？」

「他不是醫生，不，他是醫生，但不是我們醫院的！」江海洋解釋道。

李傑放下病歷，站了起來，伸手道：「我叫李傑！」

胡醫生的確眼睛長在了腦袋上，一副不屑的樣子，根本不理會李傑：「院長真是越來越無能了，看個小病也找外人？找也不找一個好樣子的，弄個剛畢業的娃娃出來！」

李傑只是笑笑也不生氣，胡醫生這樣囂張的人，要麼真有實力，要麼就是蠢貨。這兩類人都犯不著生氣，蠢貨自然不用說，如果真有實力，李傑自然會找機會讓他明白自己的實力，到時候道歉的會是對方。

江海洋看到李傑竟然不生氣，終於放下心來，這個胡醫生在整個醫院就是一個另類，四十多歲的人了，卻總是跟個小孩子一樣，想什麼說什麼，誰也管不了，沒事還總給自己放假，躲起來偷懶。如果不是他醫術高明，恐怕早就被院長趕走了。

胡醫生覺得李傑好生沒趣，竟然也不反駁，還期待著跟他鬥鬥嘴呢，在這裏無聊，他決定去病房玩玩。

胡醫生的名號，L市的人或多或少都是知道的，看到他來了也都讓開一條路，誰不知道這個老傢伙喜歡找碴而且還要無賴？

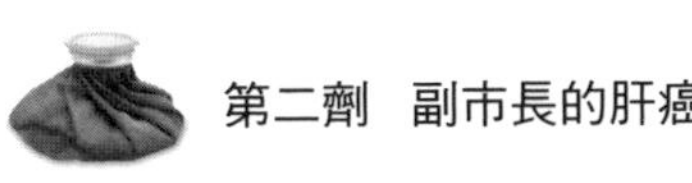

胡醫生直接到了副市長的床前，伸手摸了摸額頭，然後又在上腹部按壓進行肝臟觸診。

「家裏有寵物麼？」胡醫生問道。

「有一隻貓！」

「做肝臟穿刺，取樣鏡下檢查！」

「老胡，你什麼意思？懷疑我的診斷麼？」又一位醫生說道。

「沒什麼意思，結果出來了就知道誰對誰錯！」胡醫生說完轉身就走了。

探病的人看到了這個情況，交頭接耳談論著，王奎和萬永軍也在其中，不過他們此刻正在向李傑詢問。

「今天不好意思啊！讓你找這裏來了，一會兒我們就去辦手續！」萬永軍說道，其實他是怕李傑反悔。

「李傑，你不是博士生麼？你說李市長這個病……」王奎問道。

「胡醫生都已經診斷了，還用我們操心麼？」

「胡醫生的診斷是對的？」萬永軍質疑道。不僅僅是他，就連略通醫療知識的王奎也不敢相信胡醫生，雖然外界將他傳得很神，但是這麼摸兩下就可以診斷出來麼？

「一會兒肝部活體檢查就出來了，等結果吧！」李傑故弄玄虛地笑道。

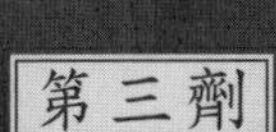

做醫生有時候跟偵探一樣

「你們兩個說，他診斷得對麼？」胡澈反問道。

「雖然沒有自己動手檢查，但是基本症狀都符合，病人年老體弱，
還有常年的心血管疾病，眼球視網膜中央動脈發生血栓，造成血管堵塞，
特別是視網膜上的櫻桃綠斑更加說明了這個問題！」李傑說道。

「說得很好，如果是在學校的考試應該是滿分。
但是你們沒有注意到，她的面部很奇怪，有短暫的抽搐現象，這個症狀你怎麼解釋？」

李傑的確沒有注意到病人面部抽搐的現象，一時目瞪口呆。

「她需要進一步的檢查！做醫生有時候跟偵探一樣，不能放棄任何線索！
也許病人的一個奇怪動作都是治療疾病的線索！」胡澈說道。

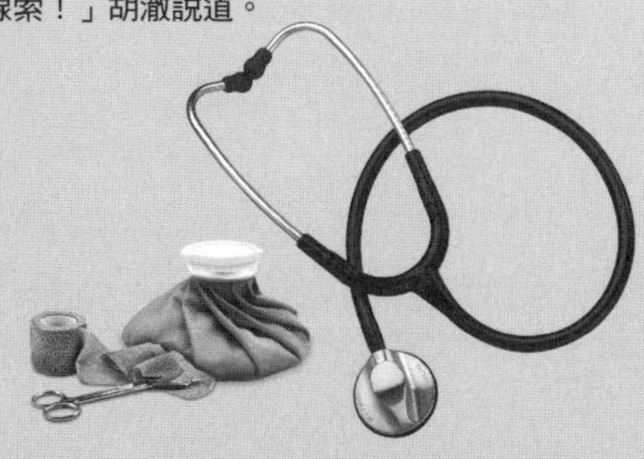

胡醫生做完診斷後，雙手插在白大褂兜裏，後背倚著牆靜靜地等待著結果。另一個醫生因爲胡醫生的質疑而感覺丟了面子，紅著臉憤怒地在一邊不停地說著什麼，但是沒有人理會他，現在大家都想知道的是，李副市長是不是肝癌。

「李老師，這是怎麼回事啊？」江海洋不解地問道。

「小傑，這麼快當老師了啊！」王奎說道。

「讓王叔笑話了！」

「李傑給我們說說，他們倆誰對，還有就是，他怎麼能看出來不是肝癌？」萬永軍著急道。

「這個很容易，可以從病人體溫上看出端倪，肝癌病人體溫比較高，而且是持續，還有就是肝臟雖然腫大，但是不痛。」李傑解釋說。

「那是什麼病呢？」王奎問道，他現在也想知道是怎麼回事了。

「江海洋，你說呢？」李傑轉頭問道。

「啊！」江海洋顯然吃了一驚，他沒有想到李傑會問自己，頓了頓說道：「剛剛胡老師問道，他們家寵物的問題，我想可能是寄生蟲吧！我覺得是阿米巴肝病吧？」

「完全正確，一會兒看肝組織的切片就知道了！」

「這個胡醫生果然厲害，不過他不一定能繼續在醫院待下去了！」萬永軍感歎道。

「什麼意思？」李傑不解道。胡醫生雖然囂張，得罪了人，但是還沒有嚴重到在醫院待不下去吧？

「他剛剛得罪的是醫院的副院長，你不知道麼？他爲人是最刻薄無恥！」萬永軍低聲說道。

李傑聽到「無恥」這兩個字，同時想到了萬永軍，無恥還能有你無恥？

在顯微鏡下的巧克力色黏稠液體，並無細菌感染，塗片及細菌培養均爲陰性，果然不是肝癌。而且，江海洋也猜測對了，是寄生蟲阿米巴引起的阿米巴肝膿腫。

「肝穿刺排膿、服用甲硝唑！」胡醫生說道。

當胡醫生說完，響起了熱烈的掌聲，人們都一窩蜂地衝進去向副市長大人道賀，王奎與萬永軍兩個人也在其中。

「李老師，剛才他們說，胡老師在醫院恐怕待不下去了，你看他是救了李副市長啊，難道還不能抵消這次過錯嗎？」江海洋說道。

「那又怎麼樣？李副市長能保他一輩子嗎？副院長天天給你一雙小鞋穿。你能受了嗎？恐怕不用趕他，他自己就會走！」李傑也覺得這個胡醫生太狂妄了，難道就不能私下裏提意見麼？這樣害了自己，還得罪了副院長。他雖然有才華，但是註定不能融入這個社會。

兩個人正說話的時候，胡醫生正好走過來，還是那副臭樣子，敞穿的白大褂，雙手放在兜裏，搖搖晃晃彷彿酒喝多了的樣子。

「我們醫院聽說有個心臟病病人，剛剛做完大手術，是這個屋吧？」胡醫生向江海洋問道。

「嗯，是的，不過您不能去看，院長不允許的！」江海洋阻止道。

「他不允許的事多了，我還要聽他的啊？」胡醫生一副不屑的樣子，走進李傑母親的病房。

江海洋看了李傑一眼，剛要說話，卻被李傑抬手阻止了。李傑也不說話，就跟在胡醫生的後面，看看這個傢伙到底想幹什麼。

母親正清醒著，看到醫生進來，以爲又要給自己做什麼檢查，可眼前的這個醫生只是問一些簡單的問題，又去抄一抄各種儀器的資料。

「江海洋，這個胡醫生是什麼科的？」李傑小聲問道。

「我還真不知道，好像沒有科室要他，都是他自己亂跑的！」

「那就是全科了？」李傑喃喃自語道。

全面的發展就是全面平庸，有的時候這句話很貼切，但有的時候這句話並不適用，所有類型的人才都有合適他的位置。

胡醫生是一個全科醫生，不代表他就是一個庸醫，醫學這個知識，有很多地方需要結合全身的病症，需要對整體做一個分析。如果一個專科的醫生，是不可能做到這一點的。

李傑的母親看著胡醫生在病房裏轉了兩圈，心中不禁有些疑惑，這個人長得也不像醫生，也沒有見過哪個醫生把白大褂當風衣穿的。不過兒子在身邊，她也不害怕這個流氓一樣的傢伙！

胡醫生轉了兩圈自言自語道：「果然厲害啊！竟然能把這個手術做到如此完美！」

胡醫生的樣子就像古代的腐儒看書看入迷了一般，搖頭晃腦地感歎了一陣，然後對李傑的母親說道：「從手術那天算起，有多久了？四十天？還是五十天？」

「差不多有三個禮拜了吧！」

「三個禮拜？」胡醫生差點驚訝得連下巴都掉在地上，不過他很快就恢復了很牛的樣子，點頭說道：「還不錯啊！」

李傑哭笑不得，這個世界能將這種手術做得比他還好的人恐怕不多，這個胡醫生竟然一句「還不錯」，自己日後倒是要看看，這個囂張的胡醫生到底有什麼厲害的！

胡醫生出了病房，連續幾個深呼吸才平靜下來。胡醫生名字叫做胡澈，這輩子沉沉浮浮十幾年，也是見過大世面的人，知名醫生認識得不少，厲害的手術也見過不少，可沒有一次像今天這樣給他如此震撼的，這個病人如果沒有說謊的話，三個禮拜就能恢復到如此的程度，簡直就是奇蹟。

胡澈甚至能想像得到手術中那精彩的手法，神乎其神的技巧啊！這麼快的恢復速度，需要多麼短的手術時間，多麼完美的縫合技巧，才能完美到不出血？胡澈很想見識一下這個手術，這樣的病人本來就少，願意做手術的更少，再加上能做出這麼完美的手術的人，這個地球上能有幾個？

胡澈一輩子最鬱悶的就是沒有拿刀的機會，但是醫生不拿刀，並不妨礙他成為一個出色的醫生。

他摸出一支煙，叼在嘴裏，慢慢地走著。作為醫生，他是第一醫院裏的一個異類：到處亂走，沒有什麼固定的科室。當然，他在醫院的檔案上還是有編制的，屬於傳染病學。

在胡澈的身後，跟著兩個人，就是李傑跟江海洋。跟著他是李傑的主意，胡澈對李市長的診斷看似簡單，其中的困難卻少有人知道，李傑是其中之一。

阿米巴寄生蟲引起的肝臟膿腫，體溫是變化的，也就是說早上、中午和晚上體溫都不同，胡澈僅僅用手就感覺到異樣，還有就是他對肝臟的觸診，他在體外用手的觸覺就能察覺到肝臟表面的細小病變，這種不借助儀器的超級診斷，讓李傑很是佩服。同時江海洋還說，胡澈輕易不來醫院，每次來都會做一些不可思議的診斷，這大大勾起了他的好奇心。

胡澈走了沒有多遠，就感覺到了身後有人，回頭一看，這不正是江海洋和那個黑皮小子麼？他剛要質問兩個人爲什麼要跟在他後面，江海洋已經追上前來笑道：「胡老師，我們很佩服你的醫術，想見識見識！」

「是啊！我雖然不是這個醫院的，但也是衝著您的名氣來的，想跟您長長見識！」李傑仗著自己皮膚黑說話不臉紅，大拍馬屁道。

「好吧！今天就讓你見識見識，就去眼科吧！」胡澈對於兩個傢伙的馬屁很受用，他決心露兩手。

他之所以選擇眼科，是因爲眼科距離最近，他懶得多走幾步，同時他也覺得這個世界上除了他全是庸醫，任何一個地方都能找到需要他治療的病人。

胡澈剛剛進眼科診斷室，眼科醫生就已經知道自己要倒楣，這個胡醫生從來不幹好事，總是雞蛋裏挑骨頭，對別人的診斷挑三揀四，自己今天可要打起精神，一定不能診斷錯誤。

胡澈進屋以後，也不說話，找個凳子一坐，靜靜地等病人，李傑和江海洋則站在他的身後。

李傑覺得這樣挺有意思的，彷彿又回到了當年什麼也不懂的時候，他還記得剛剛從醫學院畢業去實習，自己還是個菜鳥，什麼也不懂，每天跟在老師屁股後面。

醫院裏所有的醫生們都怕李傑，那個時候應該叫他李文育，只要聽到他的聲音就害怕。因爲他每天的問題實在太多了，問得也太詳細了，弄得醫院那陣子很流行學習，所有醫生都看書，如果被李傑問住了，那可太丟人了。

眼科醫生今天運氣不錯，來了兩個病人都是比較簡單的，胡澈在一邊也不說話，還是靜靜地等。大約過了一個小時左右，終於過來了一個稍微有點難度的病人。

「醫生，您給我看看，我的眼睛是不是要瞎了！這幾天有的時候會什麼也看不見，但是過一會兒就好了！」病人是一個五十多歲的婦女，陪在她身邊的則是她的丈夫。

醫生對於病人的請求沒有一點表示，只是問了一些問題，做了視力測試、瞳孔對光反色測試、又測量了血壓。

胡澈在一旁，一直都微笑著不說話，他越是笑，眼科醫生越是害怕自己弄錯了，他總是覺得胡澈在嘲笑他，但是想了幾遍，也不知道自己有什麼錯誤，病人的病情完全符合他的診斷。

「高血壓病史、瞳孔對光反應單側消失、視力下降……典型的視網膜中央動脈阻塞！」眼科醫生想了又想，還是不覺得有什麼問題，於是便下了診斷書。

「走吧！沒有什麼好看的了！」胡澈站起來，對身後的兩個人說道。

李傑好生失望，本來以爲能碰到什麼困難的病看個熱鬧，沒有想到都是這麼容易看的病，最後就連對眼科不熟悉的李傑也知道，應該是視網膜中央動脈阻塞，這種病經常與心血管疾病一起發作，作爲心胸科醫生也是多少瞭解一些。

同樣失望的還有江海洋，因爲胡澈無論進哪個科室，都是一定要找到麻煩才走，這次竟然空手而歸，沒有看到什麼熱鬧……

走到門口，胡澈突然停下不走了。

「胡老師，你要幹什麼？」江海洋問道。

「等人！」

「等那個患者？不是確診了麼？」江海洋不禁有些意外。

「你們兩個說，他診斷得對麼？」胡澈反問道。

「雖然沒有自己動手檢查，但是基本症狀都符合，病人年老體弱，還有常年的心血管疾病，眼球視網膜中央動脈發生血栓，造成血管堵塞，特別是視網膜上的櫻桃綠斑更加說明了這個問題！」李傑說道，櫻桃綠斑這個症狀是典型的視網膜中央動脈阻塞，造成這種症狀的原因就是血栓阻塞，造成血管部分供血，部分阻塞，所以顏色不一致。

「說得很好，如果是在學校的考試應該是滿分。但是你們沒有注意到，她的面部很奇怪，有短暫的抽搐現象，這個症狀你怎麼解釋？」

李傑的確沒有注意到病人面部抽搐的現象，一時目瞪口呆。

「她需要進一步的檢查！做醫生有時候跟偵探一樣，不能放棄任何線索！也許病人的一個奇怪動作都是治療疾病的線索！」胡澈說道。

正說話間，病人從眼科出來了，三個人趕緊圍上去，胡澈一把搶過診斷書說道：「你現在跟我來，做下一步診斷！」

「可是，剛剛我們已經看完病了。」病人不解道。

「放心，胡老師不要您錢的，剛剛看得不完全，老師發現你還有別的病！」李傑笑道。

胡澈也不反駁，雖然他一副不在乎的樣子，但是心中卻在暗罵李傑這個小子，竟然說不要錢，一會兒診斷用機器怎麼辦？難道自己掏錢？

三個人帶著病人隨便找了一個病房，胡澈說道：「剛剛我說了病人面部有短暫的抽搐現象，現在我們需要做一些檢查！」

胡澈說著，竟然拿出了檢查聽力的音叉，接著又是各種亂七八糟的竟然什麼都有。

李傑和江海洋對視一眼，都明白了胡澈的意思，他的意思是可能患者腦部有問題，神經受損導致的視力問題。根據症狀來看，目前最大的可能是丘腦、延髓等部分損傷。腦部的問題不會單獨出現，所以做其他方面的測試有助於幫助診斷，因為胡澈不捨得花錢，所以他儘量地採取物理診斷方法。

當然不能說物理方法不好，現代醫生很大程度上都喜歡用儀器診斷，忘記了簡單易用的物理方法，造成了巨大的浪費。

當然這也不能全怪醫生，患者對醫生的不信任也在其中，試想，如果一個人摸了你幾下，就說你有病，而且很嚴重，誰會相信？而且醫患關係緊張，如果出了錯還是醫生的責任，所以患者只能承擔高額的檢查費用了。不得不說，這是一種悲哀。

胡澈先後檢查了幾項，得出的結果與想像中的一樣，患者的病不是簡單的高血壓引起的視網膜中央動脈阻塞，而是大腦內部受損，進而眼部視神經損傷，血管調節也相應地損害，才會出現與視網膜中央動脈阻塞相似的症狀。

同時，因為腦部損傷不是單一性的，腦橋、下丘腦等均受到損傷。這些症狀不是很重，所以病人對此也不太注意，比如臉部不自覺地短暫抽搐，那是因爲腦橋下部受損，面神經引導面部肌肉的抽搐。這些細微的病症，只有博學且經驗豐富且心細的醫生才能發現。

一切似乎都已經明瞭，這個可憐的病人大腦內部有問題。

「胡老師，那病人已經確定了是腦部受損，那應該是什麼症狀呢？」江海洋說道。

「沒有外傷，而且廣泛的受損，有可能是腫瘤！」李傑說道。

「住院觀察吧！」

「醫生，你要救救我老伴啊！」病人家屬實在不明白，爲什麼剛剛還說吃點藥就能好的病症，這回就需要住院了？如果是腦部腫瘤，對於這樣一個普通的家庭來說，基本上宣告了病人的死亡，放療價格昂貴，手術開刀也一樣，而且風險還很大。

命運就是這麼作弄人，有人說過，有啥別有病，沒啥別沒錢，同時攤上這兩個，對於病人，除了同情卻不能做什麼。

開顱不是李傑能做的，他不是全能醫生。心胸是專長，其他方面也可以，不過比起心胸方面的造詣差距太大了。

「去拍個片子吧！」李傑說道，接著他又對胡澈說道：「放心，錢我來給！」

「哼，你太小看人了，我說不要錢就不要錢，走，我帶你去做檢查！」胡澈怒道，就帶著病人走了，也不管李傑。

這次診斷很精彩，但是並不完美，現在只能大概確定腫瘤，還不能說完全是。胡澈醫生的醫術雖然高明，但是李傑覺得並沒有達到傳說中那麼神奇，或許是因爲小地方少見多怪吧！

同時李傑也對胡澈有點擔心，這個傢伙得罪了副院長，不知道會遭到什麼樣的報復？

李傑回去找到王奎與萬永軍，根據昨天說好的方案，購買了四個門面房，一個三樓的住宅，白白得到一個倉庫。交付了現金後，李傑想回家多陪陪家人，過段時間他要回到京城，跟家人在一起的時間是很寶貴的。

李傑回家之前，又託付王奎找一個熟悉的施工隊伍，幫忙裝修店面，當然李傑也可以自己找，所以用王奎是想給他一些回扣，讓他得點好處，畢竟以後做藥店的時候用到王奎的地方還很多。

回到醫院，李傑除了去看父母，還多次去看了那個腦部腫瘤的病人，X光片的結果出來了，這個時代還沒有核磁共振，根據片子並不能檢查出什麼，病人的症狀以常理來看，基本上爲腦部的腫瘤，也只能選擇最穩妥的方式：接受化療。

胡澈這兩天不知道發什麼瘋，竟然一直都來醫院上班。李傑擺脫了江海洋的糾纏，這個沒有上過手術台的小醫生對手術台充滿了嚮往，總是跟李傑問手術方面的問題，現在，江海洋被胡澈叫去當苦力了，李傑可以陪陪母親，沒事的時候去藥店看看，現在還要找個藥劑師，不過還不著急，藥店的藥劑師很容易找，至於進貨，南方藥物批發市場就有，李傑打算過幾天親自帶姐姐走一趟，教她怎麼買。

這天正是中午，溫暖的陽光讓李傑昏昏欲睡，正在迷糊的時候，江海洋卻跑進來打斷他的睡意，二話不說拉著他就走。

「你等等，幹什麼啊？」李傑沒好氣道。

「上次的病人出事了，我們去看看去吧，胡老師正在做檢查呢！」

李傑一聽，立刻來了精神，反而走得比江海洋還要快。

到了病房，胡澈正在給病人做檢查，化療對於病人沒有起絲毫的作用，她的病情進一步加重了。

「病人目前已經喪失小部分大腦的功能，大小便失禁，語言喪失，而且時好時壞。」江海洋小聲說道。

「化療不起任何作用，那麼就不是腦部的腫瘤，會是什麼呢？」李傑自語道。

胡澈做了集中測試以後，具體瞭解了腦部的受損情況，但是也不知道病人腦部到底是什麼病症。

「暫停治療，等會診結束吧！」

胡澈的會診只有三個人，李傑、江海洋和他自己。胡澈的會診，醫院所有醫生都知道，去了基本就是受胡澈的奚落。

每次會診，無論誰提出自己的看法，胡澈總會將其反駁倒，最後總結意見的總是胡澈。時間長了大家都知道，胡澈的會診，去了就是爲他這個紅花當綠葉去了。

「說說你們的意見吧！」胡澈說道。

「可能是腦內血腫，造成顱內高壓，壓迫大腦從而腦神經功能喪失……」江海洋將自己的意見說出。

「我們現在的檢查手段有限，只有X光片可以依賴，很難看出到底是什麼病症，我覺得腦內病毒感染的機率比較大！」李傑說道。

「的確，你們就根據自己的猜測去尋找證據吧！」

李傑聽了胡澈的話，差點沒從凳子上栽下去，這是什麼總結啊！他還以爲胡澈能整出點什麼讓人意想不到的診斷出來呢。

「不用了，我調查過，病人之前得過病毒性感冒，很有可能是病毒性腦炎。我覺得是病

毒通過嗅覺神經和三叉神經侵入腦組織，損害額葉基底部和顳葉，延髓、腦橋等部分，患者今日病情加重，也許未來會發展到產生幻覺。」

「很有道理，口服可的松降低腦內壓力，脊髓內注射抗生素無環鳥苷消滅病毒！」胡澈說道。

「可是，我們這不過是推測，並沒有證據，如果是顱內高壓的話，這樣會害死她！」江海洋反對道。

「沒有辦法了，現在如果什麼都不做，她就死定了，如果做了，也許還有一線希望。另外，無環鳥苷對於腦脊液是可溶的，不會產生顱內高壓。」李傑說道。

抗生素的效果很好，注射入脊髓以後，病人症狀明顯好轉，已經恢復了語言，神智也清醒了起來。

病情的好轉讓人歡欣鼓舞，最高興的當然還是病人，當他們知道不是腦腫瘤的時候，高興得都哭了出來，當看到僅僅是吃點藥，打針就可以治療時，他們更是覺得自己是幸運的。

然而很多對立的事情就是一線之隔，幸運與不幸，希望與失望……當大家以爲病人轉危爲安的時候，江海洋卻氣喘吁吁地跑進來，慌張地向胡醫生報告道：「胡醫生，病人情況惡化，頸部僵硬、全身抽搐以及持續高熱，循環及呼吸紊亂……」

「對不起，胡醫生，你不能進去！」

胡澈在聽到患者病情惡化以後，立刻趕過去，但沒想到在去病房的路上被護士攔住了。

「憑什麼？這是我的病人！」胡澈咆哮道。

這個時候，病房的門開了，胡澈一下都明白了，他的雙眼開始冒火，十指緊扣，不住地顫抖著，病房裏出來的不是別人，正是那天對他咆哮的副院長。

「現在是我的病人了！」副院長淡淡地說道。

「你會害死他的！」胡澈怒吼道。

「在害人的是你，現在病人循環及呼吸紊亂，意識發生障礙，持續高溫，你看看你都做了什麼？你根本不知道病情就在病人身上亂下藥！根本就是胡作非爲！」

「難道你能確定她的病情麼？」胡澈反譏道。

「沒有必要告訴你！」副院長說完，又對助手說道：「我們走，這個病房不許胡醫生進來！」

胡澈氣得渾身發抖，這個傢伙報復自己也就算了，竟然不顧病人的死活，也許自己真的錯了，但是他不相信這個庸醫能找出救治病人的方法。

副院長已經觸及到了胡澈的底線，醫院作爲一個龐大的機構，鉤心鬥角是免不了的，但是大家都有一個底線，就是無論怎麼鬥，不能危害到病人，這次副院長做得的確很過分。

不行，一定要想辦法！胡澈試著讓自己冷靜，對，病人的家屬！胡澈如抓到了救命稻草一般，如果病人的家屬同意他治療，那麼沒有人可以阻止。

胡澈想到這裏，也不顧副院長的禁令，更不顧護士的阻攔，直接闖進了病房。病人躺在床上，臉色慘白，鼻孔裏塞著氧氣管，而她的丈夫則在一旁握著她的手，似乎有無數的話要訴說。他很痛苦，陪伴了自己幾十年的老伴就這麼不行了。當他看到胡澈的時候，痛苦卻化成了悲憤。

「你來幹什麼?要不是你怎麼會變成這樣?你給我滾！」

「你聽我說……」胡澈還想解釋，卻發現對方是拚命來了，根本不會聽他說什麼，接著他就感覺一陣劇痛，一股溫暖的液體從鼻孔中流了出來。

「你給我滾，我不想再看到你！」病人的丈夫吼道。他一直是一個老實厚道的普通人，一輩子也沒有打過架，更別說將人打到流血。今天是第一次，因爲他從來沒有如此憤怒過，在他心中，就是眼前這個人害死了妻子。

胡澈被打得後退了幾步，直到靠著牆才算穩住，他什麼也沒有說，擦了下鼻血，轉頭就走。

患者鬧事是經常發生的，但是敢打醫生的卻不多，醫生被打卻不做任何反應則是根本就沒有。

照顧病人的護士已經呆住了，心想，這個誰的賬都不買的胡醫生什麼時候轉性了？竟然忍氣吞聲到如此地步！

李傑並不知道胡澈這裏發生的事，他是接到江海洋通知才過來看熱鬧的，方才江海洋在通知胡澈後，就直接去找了李傑。

兩個人剛剛過來，卻看到落魄的胡澈，鼻血沾了滿身，那身「白色風衣」此刻變身街頭風格，一片片紅色如塗鴉一般隨意塗抹，最難看的是他那張臉，比炒股虧損的小散戶還難看。

「胡老師！您沒事吧！我幫您止血！」江海洋看到胡澈的樣子，已經嚇得夠嗆，趕緊上來幫忙。

胡澈也不說話，彷彿魂魄被人勾走了一般，表情有些呆滯。江海洋拿他也沒有辦法，把他當小孩子一般照顧。

老年癡呆了麼？李傑心想，這個傢伙怎麼這樣啊？莫非被誰打擊了？好像只有失戀才這樣吧！

江海洋此刻已經急死了，手忙腳亂地幫胡澈清理著鼻血，又不停地安慰他，胡澈則一直是面無表情的癡呆樣。

「寄生蟲?!我想到了，是寄生蟲！」表情呆滯的胡澈突然站起來說道。

江海洋被他嚇了一跳，退後兩步驚道：「寄生蟲？」

「的確，很有可能是寄生蟲！化療對其不起作用，而抗生素則是初期產生微量的作用，那麼只能是寄生蟲了!寄生蟲不怕化療，抗生素可能對其產生少量的影響，讓其活躍度降低一段時間，而後又再次活躍。」李傑說道。

「沒錯，只剩下這唯一的可能性了！」胡澈又恢復平日的樣子，那呆滯的表情一掃而空。

「可問題是如何讓病人信服你，胡醫生，如果我沒有猜錯的話，你剛剛不會是鼻子撞到門上吧！」李傑淡淡說道。

「沒錯，這需要你來幫忙！」胡澈說到這裏，語氣都軟了，他把剛剛所發生的事情從頭到尾地複述了一遍。

「胡老師，你要我們倆人去給他治療，可是就算病人被治好了，人家也會認爲是副院長治好的，跟您沒有關係啊，您這委屈不是白白受了！」江海洋著急道。

「沒有辦法啊，如果患者知道是我讓你們倆來治療，肯定不會同意的！去吧，人命高於一切！」胡澈無奈道。

「江海洋，別說了，這也算個辦法，副院長這種小肚雞腸的人，如果在這方面勝過了胡老師，也許以後不會找胡老師麻煩了！」李傑寬慰道，他實在看不得胡澈變得如此消沉。

李傑其實一直覺得胡澈沒有傳說中的厲害，不過此刻卻真正佩服他。什麼叫做真正的醫生？醫生就是爲了救人不惜一切的代價。胡澈爲了患者放棄了個人榮辱，詮釋了什麼叫做醫德，什麼叫做醫生，李傑第一次發自內心叫了他一聲「胡老師」！

作爲老師，胡澈教給李傑的不是醫術，而是做人、做醫生應該有的高貴品質。

胡澈又交代了一些藥物的用法，說道：「你們去吧！」

兩個人懷著不同的心情來到了病房，看門的護士還因爲剛剛的事情而害怕，李傑趁機安慰著小護士。小護士被李傑優雅的風度與英俊的臉龐迷倒了，沒有注意到江海洋已經偷偷溜進病房去了。

病人睡得很安詳，剛剛的病症發作過後是一陣難得的平靜，但是江海洋知道，這不過是暴風雨前的平靜，下次病情將更加猛烈。

江海洋輕輕地將病人搖醒，說道：「阿姨，您應該吃藥了！」

病人臉色蒼白，一副虛弱的樣子，緩緩睜開眼睛後，看著江海洋有氣無力地說道：「還要吃藥啊？我總是在吃藥，可是病卻一天一天地加重。」

「阿姨您放心，這次吃了肯定會好！相信我，我是一個醫生！」江海洋勸導說。

「每次都這麼說，從我頭痛眼花開始就吃藥，然後又看不見了，還是吃藥。我知道我快要死了，我不想吃藥了，讓我這麼死了吧！」

「阿姨，您不能這麼說，這次是我們醫院最好的醫生，不，是我們市甚至我們全省、全國最好的醫生給您開的藥，您放心吧！」江海洋說的當然是胡澈，胡醫生這種放棄個人榮辱的救人行爲，在江海洋心目中就是排在第一位的醫生！

「好吧，我相信你！」

「還要打一針，有點痛，您忍著點！」

「嗯！」

江海洋做完以後就出了病房，李傑正與小護士聊得高興，看到江海洋出來，就隨便應付幾句走了。

「怎麼樣？」李傑問道。

「都完成了，藥物明天就應該見效，等明天的結果吧。」

「去陪陪胡老師吧！」

「嗯！」

第四劑

醫師變成藥房老大

胡澈很瀟灑地與第一人民醫院說了聲「再見」，
但當胡澈看到被李傑描繪得好比天堂般美麗的工作地點時，他瘋狂了。
「你小子說的就是這個地方？讓我做老大，所有的病人都我說了算，
獨立辦公室，美女相伴，還有你說的動刀的機會呢？」
「胡老師，你別著急啊！你看這麼大的房子，做您辦公室還不夠？
我這個大藥房您就是老大，在這裏我都聽您的，所有病人當然是您說了算。
至於美女，美女是我的姐姐，交給您我放心，你沒事要多教教她。
至於動刀，您看吃飯的時候，您不能讓美女做飯吧，
您應該動刀切菜做飯吧！」

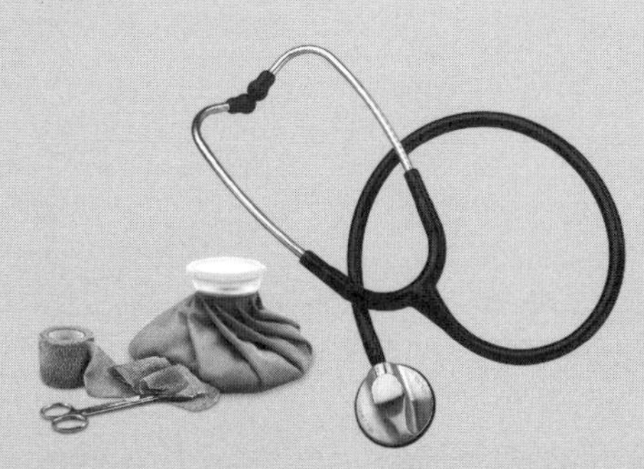

第二天，醫院病房。

「壓住病人！」

「注射鎮靜劑！」

……

幾名醫生正在全力對病人搶救著，而病房外面則是一個雙鬢斑白的男人。每當他聽到病人的叫聲，或者醫生那冰冷的聲音時，他覺得心都要碎了。

病人是他的妻子，兩個人相依爲命十幾年，眼看著她病情加重卻無能爲力，他就覺得痛苦，他恨自己無能，也恨這裏的醫生，他一直都覺得是醫生沒能盡力，讓妻子的病情一步一步地加重。

他在住院部的走廊上焦急地等待著，站也不是，坐也不是，這樣的等待是讓人發狂的，短短的幾分鐘，如度過了幾年。

終於，病房的門打開了，醫生走出病房，摘下了口罩說道：「病人必須手術，或許還有一線希望！」

醫生只留下一句話，卻讓他的世界徹底崩塌，開顱手術在他眼中就是等於死刑一般的手術，就算開顱，也不過是一線希望。

他雙手搭在頭髮上，手指青筋暴起，緊緊抓著那顆快要爆炸的頭。

這一切，李傑都看在了眼裏，寄生蟲藥物也沒有絲毫的作用，他們已經將所有可能的病情都分析到位了，爲什麼病情依然沒有好轉？

一定還有沒有注意到的事情，一定還有，只是沒有想到而已！一種疾病的發生一定有發病原因，治病因數在體內的作用，疾病形成對身體產生作用，最後出現病症。

根據病症所推斷出來的疾病，幾乎全部都考慮了，在這樣設備簡陋的小醫院治療一個這麼複雜的腦病，實在是太困難了！

李傑低著頭，一步一步地走著，將所有可能的情況在頭腦中都一一列舉出來，然後仔細地推敲。

當人陷入深深的思考時，總是會忘記時間。李傑覺得自己的頭都想大了，卻依然找不到原因，他已經不知不覺地在走廊晃悠了幾個小時。

李傑重振精神，決定去找胡澈商量一下。轉了幾個彎路，正好走到那位病人的病房時，李傑突然覺得應該去看看病人。

病人的頭此刻正幸福地枕在丈夫的腿上，就像一對熱戀中的男女，或許是生死離別前在享受最後的幸福吧！

李傑現在注意的不是他們的熱戀，他看到的是桌子上的罐子，一個微微冒著熱氣的罐子，很明顯是一副湯藥。這裏是西醫院，是不會給病人開中藥的，這幅中藥是哪裏來的？李傑不禁疑問道。難道這個病人在別處私自買的藥？可是，自己以前問過他，病人說來醫院前從來也沒有吃過藥啊！

咚咚咚！李傑輕輕地敲了幾下門，待聽到一聲「請進」後，他很有禮貌進去。

「你又來幹什麼！」病人的丈夫對於李傑沒有一絲好感，他覺得胡澈害了自己的妻子，而李傑則是胡澈的跟班。

「這個孩子還是很好，你何必難爲他！」病人勸著丈夫，又對李傑說：「坐吧！」

病人的丈夫聽了妻子的話，對李傑的怒火瞬間轉爲對妻子的柔情。

「叔叔、嬸嬸，這個是什麼東西啊？中藥麼？」李傑裝出一副天真的樣子指著那罐藥品問道。

「是，是我丈夫給我熬的！」病人一臉深情地道。

李傑掀起蓋子聞了一下，他不是中醫，對於藥物不是很明白，當然，就算是中醫，也不能聞一下藥味就能知道是什麼藥。

「藥差不多涼了，喝了吧！」

「我不喝了，已經喝了一個月了，還是沒有效果！」病人怨道。

李傑一聽，喝了一個月了？於是問道：「嬸嬸，你喝中藥一個月了？可是您上次來看病說視力下降，看不見東西，是一個禮拜前的事情啊！」

「是啊！她一個月前頭痛，身子難受麼，我就給她熬了藥，等頭不痛，身體也恢復了，眼睛卻又不怎麼好了，我就又給她吃藥了！」

「這藥不是治療頭痛、身體無力的麼？怎麼又能治療眼睛？」李傑不解地問道。

「你不相信麼？這藥可是老偏方，是一個親戚家裏傳下來的，只要再加幾個藥，就可以治療眼睛！」病人的丈夫道。

李傑知道，再說下去可能會打起來，於是他對病人說道：「嬸嬸，這個藥物給我點可以麼？只需要一丁點。」

「你全拿去吧，我不喝了！」病人說道。

「怎麼行？你不喝，病怎麼能好？」病人的丈夫關切道。

「你聽我的不行麼？這藥沒有用了，都給他拿去吧！我的病我知道，我也不想做什麼手術，時間不多了，我只想在最後的日子再好好地看看你！」

「好好！咱們不喝了，我會陪著你的！」病人的丈夫此刻淚流滿面，隨即又轉了一副面孔對李傑說：「快拿走吧，我不想再看見你了！」

我也不想再看見你。李傑心想，這個男人著實可惡，不明事理，不分黑白。他很可恨，卻也很可憐，不過眼見他心愛的妻子就要這麼走了，李傑想到這裏，也不生氣了。

李傑提著藥罐子，準備帶給胡澈去研究一下，他覺得問題很可能出在藥上。

剛走到門口卻碰到了江海洋，於是問道：「你幹什麼去？」

「我去病人那裏，胡澈老師覺得，這次應該肯定找到原因了！」

「哦？什麼原因？」李傑疑問道。

「昨天我給病人送過藥，她跟我說過還吃了一副藥，我給胡澈老師說了，他覺得這藥就是關鍵所在！」江海洋興奮道。

「藥在我手裏，你直接去化驗吧！」李傑把藥物遞給江海洋，然後又補充道：「注意檢查其中的秋水仙鹼。」

看著江海洋離去，李傑走進辦公室，胡澈此刻正是一副坐立不安的樣子，看到李傑來了，便說道：「你看到江海洋沒有？我覺得，我這次應該發現了病的原因！」

「我知道了，藥物我已經拿到手了，江海洋正去化驗，等結果吧！」

「我不知道應該怎麼辦！」胡澈突然說道。

「什麼？」李傑疑問道，他不知道胡澈怎麼突然說了這麼一句話。

「我很爲難，算了吧，跟你說了你也不會明白，你還小！」胡澈感歎道。

李傑覺得胡澈變成了一個多愁善感的女人，也沒有理他，找了份報紙一邊看，一邊等江海洋的消息。

化驗結果很快就出來了，江海洋樂得一蹦一跳地跑了回來，大聲嚷嚷道：「確定藥物中有秋水仙鹼與麻黃鹼，具體來源於何種藥材不明，但是這兩種東西都有毒性，其毒理作用主要是損害神經系統，外周迷走神經和感覺神經中毒，交替呈現異常興奮與抑制，中樞神經中毒，可引起視丘、中腦、延腦、脊髓的病理改變；呼吸中樞中毒可引起呼吸麻痹窒息……」

胡澈擺擺手，阻止他繼續說下去，長長地歎了一口氣。

「胡老師，您不高興麼？這證明了您沒有錯，都是他們私自用藥惹的禍！」江海洋接著又對李傑說道：「李傑，你說是吧？」

李傑沒有回答，他知道胡澈在想什麼，那對病人夫妻很恩愛，根據病情，病人的死亡已經是不可避免了，剛剛自己看到她的時候就已經感覺到了，她不過是迴光返照。如果將這個結果公佈出去，的確可以給胡澈老師一個清白，可是病人的丈夫實在太可憐了：親手毒死了自己心愛的女人，雖然他是無心的！

這些中藥不是每個人都能吃的，中醫講究望聞問切，根據八綱辨證來診斷千變萬化的疾病。一個中醫，就算學了幾十年，也學不到中醫知識的一半，對於開藥都是小心又小心，這個人竟然只根據自己妻子的病情，隨便吃所謂的偏方。

中藥是一種很特殊的東西，講究很多，比如各種藥材產地不同，生長季節不同，所具有的藥效都是不一樣的，沒有豐富的臨床經驗，沒有對藥物的深刻認識，怎麼能給人亂吃藥呢？多少神棍打著中醫的旗號，爲了一點錢害死多少人，讓中醫蒙受了多大的委屈啊！

江海洋看兩個人都不說話了，也想不明白是爲什麼，於是傻站著不說話，不知道過了多久，響起了敲門聲。

「胡醫生，XXX房的病人去世了，院長讓你去一趟。」一個年輕的醫生說道。

江海洋一聽立刻明白了，肯定是副院長找麻煩了，他認爲這次病人死了都是胡醫生的責任，於是緊張地對說：「胡老師，這份檢驗報告您拿著，這次不關您的事！」

胡澈笑了笑，並沒有接這份報告，而是直接去了院長辦公室。胡澈這個人無論在哪裏都很灑脫，永遠雙手放在兜裏，永遠敞開懷。男人就應該活得瀟灑一點，這是他的人生信條。

在這個醫院的權威院長面前，胡澈依然是一副灑脫不羈的樣子。

「老胡啊，不是我說你，我聽說你帶著兩個學生，還有一個不是我們醫院的，你還這個模樣，你能不能有點樣子啊！」院長皺眉道。

「我帶學生是教他們學習做人，學習醫德，學習看病技巧，至於做樣子，那不是我的職責！」胡澈笑道。

「行，每次說你，你都有話來頂我！這次的醫療事故怎麼算？有人告你誤診，耽誤了腦瘤的最佳開顱時間，導致在手術前死亡！」胡澈知道是副院長在打自己的小報告。他只是笑笑，並不答話，他早就看開了，沒有什麼好怕的。

「不過，老胡你放心，我們這麼多年的同事，何況你還救了李副市長，他還說要專門來醫院感謝你的。其實你醫術一直都很高超，如果你能……」院長正在苦口婆心的教導，卻被胡澈抬手打斷了。

「你不用說了，我明白了，以後你也不用說了！」

「太好了，老胡，你終於明白了！」院長高興地道。他正愁李副市長來了胡澈給他惹麻煩，現在他聽話了就好，市長這關是過了，至於以後市長不關注他了，就把他交給副院長，他們之間的恩怨，自己就不過問了。

「是啊，我早該明白了，從今以後不用你來管了，我不幹了！」胡澈說完，轉身離開。

「你給我站住，胡澈！你都已經幹了二十多年，就這麼不幹了？」

「就是在這裏耽誤了二十年，現在我覺醒了，再見！」

胡澈剛走出院長辦公室，就碰到了李傑，他覺得李傑一直在這裏等待著，等待他出來。

「胡老師，你打算去做什麼？」李傑問道。

「當然是做自己想做的事情，做自己沒有做過的事情！」胡澈笑道。

「Bentall手術怎麼樣？」

「不，我沒有那個實力，不過我卻想試試，哈哈！」胡澈笑道。

「那你跟我走吧，也許你永遠都不能做，但是你會有機會，有在這裏永遠得不到的機會！」李傑說完又補充了一句，「你上次看的Bentall病人是我母親，主刀醫生就是我！」

胡澈徹底愣住了，手術的主刀竟然是李傑，如此年輕的李傑，最重要的是：病人是李傑的母親！

他如果不是一個冷血動物的話，他就是一個超越了感情的神！

胡澈一直就是一個眼高於頂的人，他雖然不喜歡別人比他厲害，但是不得不承認，李傑確實在手術方面非常有造詣，在醫術上天賦很高！當他聽到李傑講解Bentall手術的做法時，心裏的確佩服，但僅僅佩服而已，他覺得自己也不差，不過是條件所限而已。

其實李傑也不覺得自己比胡澈強，這個老傢伙的腦袋比醫學院圖書館還厲害，幾乎所有病症資料都在他腦海裏。除了比解剖結構、拼心胸外科的知識，李傑從來不跟他討論其他的知識，通常說多了就會覺得自己認識不足，信心被擊垮！

胡澈很瀟灑地與第一人民醫院說了聲「再見」，然後不知道怎麼的，就被李傑勾引走了，他覺得李傑是一個很會蠱惑人心的傢伙。但當胡澈看到被李傑描繪得好比天堂般美麗的工作地點時，他瘋狂了。

「你小子說的就是這個地方？讓我做老大，所有的病人都我說了算，獨立辦公室，美女相伴，還有你說的動刀的機會呢？」

李傑帶胡澈來的不是別的地方，正是他的藥店，現在藥店正在裝修，胡澈憤怒的咆哮讓裝修工都停了下來。

「胡老師，你別著急啊！你看這麼大的房子，做您辦公室還不夠？我這個大藥房您就是老大，在這裏我都聽您的，所有病人當然是您說了算。至於美女，美女是我的姐姐，交給您我放心，你沒事要多教教她。至於動刀，您看吃飯的時候，您不能讓美女做飯吧，您應該動刀切菜做飯吧！」

李傑剛剛說完，連裝修工都笑成一片，胡澈發覺自己上當了，李傑說的是那麼一回事，不過沒有一個與他想的一樣。

「胡老師，我跟您開玩笑呢，您先幫我照看一段時間藥店吧。至於我答應您的事情，肯定會做到！」李傑當然不是胡吹亂說。他的確有意幫胡澈，以他的醫術找個工作沒有問題，不過這個人性格上有點問題，都說性格決定命運，他這樣的個性在社會上註定無法立足！其實李傑想得很遠，他的目標不是僅僅開一個小藥店，那天在火車上的退休老醫生給了他很大的啓示，也許建醫院也是一個不錯的選擇，不過目前來說這只是一個夢想。

「也好，我就在這裏先幹著，其實也不錯啊！我到哪裏都是沒有人要的，別人是平步青雲，我是每況愈下，從最大的醫院混到小藥房！」胡澈歎氣道。

「胡老師，您別這麼說，他們不知道您的水準……」

胡澈擺擺手打斷了李傑說道：「我自己什麼毛病我知道，不用你說了，以後我就安心在這裏養老了，工資你可要給我多點啊！還有你說你姐姐來著，我教她，是不是要給培訓費？」

「肯定的，哈哈！胡老師，我這個店可拜託你了！」李傑笑道。他對胡澈可是一萬個放心，胡澈說錢都是玩笑話，他要是貪錢，以他的醫術隨便都可以賺錢，他的人品李傑也放心，他是一個醫德高尚的醫生。

李傑要的是一個雙贏的局面，他有了一個可靠的醫師，胡澈有了一個稱心如意的工作，當然在藥店裏有點大材小用了。

李傑回家已經好多天了，除了上次給石清打電話，詢問她是否在意自己年紀輕輕就長了一張大叔臉，就再也沒有聯繫過。其實，李傑害怕石清勸說自己回去，他怕自己禁不住石清的柔聲蜜語，就輕易地去了，豈不是讓院長小看了自己？

李傑還是覺得應該給石清打個電話，讓她感覺一下自己的關心。看了一下時間，現在是晚上七點半，心中猜測美麗的小青石現在肯定是在拿著手帕看愛情劇，還哭得死去活來。

「嘟，嘟，嘟……」電話通了，傳來了石清甜美的聲音。

「小青石，你是不想我想得正在哭呢！」

「才沒有呢，你就臭美吧！你怎麼現在才給我打電話，我都找你好長時間了，也聯繫不到你。」

「還說你不想我，都找我好幾天了。」李傑繼續一副無賴嘴臉。

「院長找你，聽說有一個手術需要你來做。另外，陸教授要走了，我想，我們是不是應該送送他。」

「陸教授走得這麼快啊？馮有為還沒有好，他怎麼能走呢？」李傑驚詫道。

「不知道啊，不過陸浩昌教授已經把馮有為的簽證也辦好了。你回來吧！就算不管院長，你也要送送陸教授吧？你知道的，他一直把你當侄子看的。」石清軟語相求道。

「好的，我回去，不過你要答應我，我再回來的時候，你要跟著我回來。」李傑趁機要脅道。

「你就會欺負人，還到處拈花惹草，至於以後，就要看你表現了。對了，你的老鄉劉倩來找過你，醫院的小護士們都挺想你的。」

李傑又聊了幾句，就掛了電話。他想回去主要是這裏的事情做得差不多了，陸浩昌對李傑的確很好，不能就讓他這麼孤獨地走了。

李傑的姐姐李英，長這麼大都沒有出過縣城，L市雖然離家不遠，但是也沒有來過。在她眼裏，L市就算是個大城市。

自從李英見到劉倩從京城回來後，很是羡慕她可以追求自己的夢想去闖蕩一番，最重要的是可以自己選擇，去尋找自己的幸福。李英也想這麼做，可是家裏怎麼辦呢？顧慮太多，勇氣也被層層地削去了。

這天，李英剛剛給母親送了早飯，又陪母親聊了一會兒就回家了。剛剛進家門，卻發現弟弟竟然老老實實地在屋裏坐著，打扮得西裝革履。

「姐，你可回來了，快過來！」李傑等了好久，終於把姐姐等回來了。

「你要做什麼啊？」李英不解地問道。

李傑一把搶過她手中的飯盒扔在一邊，說道：「姐，這裏有套衣服，還有雙鞋子，我給你買的，快穿上！」

「怎麼這麼浪費錢，媽還沒有出院呢，給媽買點吃的多好！」李英雖然這麼說，但心裏還是很高興，接過衣服鞋子，跑到另一個房間試穿去了。

當李傑再次看到姐姐的時候，不由得讚歎道：「姐姐，你真是太漂亮了！」

「是麼？」李英有點不好意思，從來沒有人誇過她漂亮，李傑買的衣服很合身，就像訂做的一般。原本平凡的李英經過簡單的打扮立刻變得光彩照人，再加上她迷人的微笑，其魅力足以讓任何一個男人心動。李傑對自己的眼光很滿意，他是用目光測量過姐姐的身材，然後去買的衣服。

「姐姐，你跟我來，我送你一樣東西！」李傑說著，拉起姐姐就走，兩人跑到一個轉彎處：「你等我一下，不要動，我去一下就來！」

「好，你快點！」李英不知道李傑神神秘秘的，不知他到底想要做什麼。

沒幾分鐘的工夫，李英看見一輛白色的轎車緩緩開奔過來，通過車窗她看到李傑在駕駛，心中不由想到，弟弟什麼時候會開車了?還有這麼漂亮的車?

「姐姐，快上來！」李傑搖開車窗招手道。

「這車……」李英有些驚訝，李傑的行為實在出乎意料。

「上來吧，慢慢跟你說。」李傑笑道。

李英無奈地上了車，在車上她問李傑到底想做什麼，李傑一邊開車一邊神秘地笑著，李英也沒有辦法。

李傑駕著車，躲開一路的交警，他雖然會開車，但是沒有駕駛執照。這個車也不是他的，是借的，如果被抓了就慘了，最主要的是破壞了今天的心情。L市是個小城市，街道上車輛並不多，交警也沒有那麼勤奮，再加上李傑運氣也不錯，一路順利地開到藥店門口。

車停了，李英坐在車的後排透著窗子向外看，她不知道這是哪裏，L市雖然不大，但是她從來也沒有出來逛過。

「姐姐，下車了！我送你一個禮物！」李傑神秘地笑道。

李英不知道送什麼禮物，還要這麼正式，又是換新衣服，又是坐車，她疑惑地走下車，突然聽到劈哩啪啦一陣鞭炮響，她嚇了一跳。

鞭炮聲過後，李英睜開眼睛，看到了很多不認識的人，他們都在微笑著看著自己。

李傑拉著李英走到人群中，大聲說道：「這就是我的姐姐李英，也就是益生藥店的老闆！」

一陣熱烈的掌聲響起，然後是高高掛起的藥店牌子，隨著紅布落下，「益生藥店」四個大字也顯露出來。

「姐姐，這個藥店是我送給你的禮物，以後你就是藥店的主人！」李傑說道。

「這……」李英有些不知所措。

「開始剪綵了！」胡澈提醒道。

「下面請嘉賓剪綵！有請李市長！」李傑高喊道。他故意不加「副」字，雖然李市長總是糾正李傑，但李傑總是表示自己「記不住」。

這次李副市長能來，全靠胡澈的面子。其他的嘉賓，李傑還邀請了王奎和萬永軍，還有那天在一起喝酒的人，李傑想讓姐姐認識一下他們。做生意不認識權貴怎麼行？

這是L市最大的藥店，同時有這麼多官員捧場，很快就打出了名氣。另外，藥店裏還有本市的名醫胡澈醫生，社會上盛傳胡澈醫生治好了李副市長的肝癌，更讓藥店生意火爆。

在日後的很長時間，胡澈也不知道這些人怎麼傳出去的。唯一明白這件事情的就是李傑，因為謠言就是他放出去的。

藥店有了神醫，又有了官員捧場，加上規模比較大，進貨比較多，所以在價格上有一些優勢，在日後的生意上火得一塌糊塗。

李英已經明白了，她看著「益生藥店」四個字，看著藥店內齊全的擺設，覺得自己有一個好弟弟。

「我可以在這裏重新開始！」李英對自己說，幸福的淚水順著臉頰流下來。

京城機場。今天晴空萬里，是出行的好日子。

「李傑，你沒有選擇和我去美國，真是太遺憾了。不過我永遠都歡迎你，這句承諾永遠不會改變，希望你日後能去找我。」陸浩昌拖著行李箱，有些惋惜地搖了搖頭。

「陸教授，如果你寂寞了，多給我們打打電話，我有機會也會去看你的。在國內有很多機會，我可以取得更大的進步，如果有一天混不下去了，我會去找你的！」李傑笑道。

候機大廳再次響起了登機提示。

「李傑，有為的事情還要多謝謝你，拜託你照顧他。」提起馮有為，陸浩昌多少有些內疚，雖然他知道馮有為不怪自己。陸教授已經給馮有為辦了簽證，以彌補自己的錯誤。

「陸教授，馮有爲的傷已經好得差不多了，再過兩個星期就可以過去了，您別擔心了，另外，您去美國要注意……」

看著陸浩昌略顯孤獨的背影走向安全口，李傑的心裏有些酸楚，陸浩昌家庭不幸福，自從妻子離開了他，他便將實驗室當作妻子；後來他的兒子又意外死亡了，他便將學生當成自己的兒子。這是李傑最近才知道的，因此對拒絕陸浩昌有些內疚。不過，馮有爲的傷也快好了。

「實驗室就這麼解散了。」石清感歎道。

「是啊，每個人都開始了新的生活。」李傑說道。

陳建設早就知道實驗室要解散的事情，已經找好了自己的出路，去了一家名不見經傳的製藥公司做製藥工程師，現在已經開始工作了。而衣食無憂的朱衛紅則和他的高幹父親不知道在哪裏遊山玩水去了。

陸浩昌這一路都沒有回頭，他害怕回頭自己會忍不住。但美國又是他的夢想，他爲了夢想已經失去了太多，不能因此放棄。

他是陸浩昌，永遠都不會後悔的陸浩昌，爲了夢想，他堅定了自己的腳步。不過，眼眶中的淚水再也不能欺騙自己，如斷了線的珠子般流了下來。

石清和李傑一直等到陸浩昌的背影消失，才慢慢離去。

「陸教授是一個寂寞的人。」石清感歎道，「他爲科學奉獻了太多，他將什麼都看得不重要，將別人也看成和他一樣的人，其實，只有憑有爲才是和他一樣的人。不過這次也算圓滿，有爲也可以去美國了。」

「圓滿了。圓滿的結局需要男女主角成功地在一起，就像電影裏那樣需要用一個吻來表達，男主角準備好了，請問女主角怎麼想的？」李傑壞笑道。

「閉上眼睛！」石清說道。

李傑一聽高興了，機場這麼多人，她真的敢麼？於是閉上了眼睛，等了一會兒卻沒動靜，再睜眼一看，石清已經跑了。

「來抓我啊？哈哈！」石清一邊跑一邊笑。

好不容易追到石清的李傑，拉著她在休息處的長椅上坐了下來，二人終於有一段單獨相處的時間了，但願沒有人來打擾。

「救命啊！」空曠的大廳裏被呼救聲塡滿，只見一個中年男人正躺在光滑的大理石地面上，不住地抽搐，旁邊一個三十來歲的女人一邊按著他，一邊大聲地呼救。

李傑想都不想就站起來，翻過長椅飛奔過去，一邊脫掉外套，扔給了石清。

緊接著，李傑對躺在地上的老兄做了一番初步檢查，病人呼吸困難、心動過速、心律不整、瞳孔縮小，陷入昏迷，且體溫降低。

一定是中樞神經系統出現了問題，這是李傑的第一感覺。病人已經嚴重昏迷，但沒有任何器械可以救護……李傑正在思考的時候，聽見身後一個聲音說道：「讓開，我是醫生！」竟然說的是日語，李傑回頭一看，這是一個留著短髮，長著細條眼睛，鼻子上架著一副黑框眼鏡的傢伙。他身材很矮小，看到李傑不聽自己的，才想起自己說的是日語，於是指著自己用生硬的中文說道：「我是醫生！」

他說完，發現眼前這個皮膚黝黑，貌似忠厚的小子站起來，於是走過去開始檢查病人的狀況。

「中樞神經興奮性中毒！」小矮子脫口說道。

李傑不由地看了他一眼，小矮子的確厲害，自己是看到症狀後想了一會兒才知道的，對方竟然脫口而出。

李傑在病人家屬的手裏找到了證據，一袋子吃剩下的地方特產，食品當然沒有問題，問題是病人竟然把泡水喝的東西嚼著吃。

「讓開！」李傑用日語說道。

小日本沒有反應。

「滾開！」李傑繼續用日語說道。

小日本還是沒有反應。李傑心想：小鬼子還在中國的土地上撒野了。他剛想用日語再說幾句，小矮子竟然轉身用力擠開了李傑，開始尋找什麼。

李傑沒有時間跟他生氣，走到病人身邊，扶起他的頭，將手指伸進病人嘴裏，以便讓他吐出有毒物質。

這時候小日本再次將李傑擠開，李傑心裏的怒火開始燃燒：「別以爲你是個幼年小鬼子，就可以在這裏裝可愛，本大爺最恨的就是搶病人的傢伙，同時還恨小日本。你竟然占了兩項，就算你年輕也不能饒恕。」

李傑憑著強壯的身軀將小日本毫不費力地擠開了，接著繼續急救。

「我說過我是醫生！」小日本又在一旁唧唧歪歪。

李傑聽他不停地叫嚷著，有點煩，但是心裏悄悄樂個不停。他想，你就喊吧，反正你用的不是中文，我估計除了我能聽懂，就沒別人能聽懂了。等你喊累了，我的急救也做完了，看你還喊不喊。

小矮子看到李傑不理自己，一個弓身將他推到在一邊，又開始給病人急救。

李傑一看，呵，這個小日本倒是挺有力氣，又矮又壯，跟忍者神龜一樣，就算他真的是神龜附體，本大爺也要把這個神龜擠得龜殼向下，肚皮向上，讓他無法翻身！想到這裏，李傑把袖子往上一擼，甩開膀子，將這個日本矮子擠到半米開外。這下，小矮子坐在地上，半天沒緩過勁兒來。

病人在李傑的刺激下終於吐了，從嘔吐物看來，他真的吃了很多原本該泡茶的食物。

小矮子倒也執著，緩過一口氣後，也把外套脫了，把袖子卷了起來，打算和李傑一決雌雄。正他打算衝上去時，患者家屬急了。

「我也知道你想救人，可你別打攪這個醫生啊！」

李傑聽到這句話，手裏的活沒停下，小矮子也就再沒有動手。

等救護車將病人接走後，李傑在長椅上舒舒服服地坐了下來。此時那個日本人坐在不遠的地方，一臉怒氣地看著他。

李傑也不客氣地用眼睛瞪著他。這個日本人雖然已經成年，卻沒有鬍子，細細的眼睛很可愛，體質瘦弱，上身穿白色T恤，下身穿著一條短褲。

「那個日本人怎麼了？」石清有點迷糊。

「我和你打賭，他姓龜田，賭一個吻怎麼樣？」李傑顯得非常認真。

「我才沒你那麼無聊！」石清說完將頭扭到一邊，她雖然這麼說，但是心裏覺得這個日本人的確長得有點像電影裏的龜田小隊長。

李傑正在思考怎麼對付日本人的時候，小日本起身向他走過來，一個美女也跟了上來。

李傑看著這一男一女，覺得非常不和諧。二人身高差不多，一個那麼漂亮，一個卻這麼猥瑣。那女的不但是美女，還是李傑最喜歡的類型，越看越覺得她很像一個明星，她太像蒼井空了，李傑看得是口水橫流：「九十，五十八，八十三。身高一米六，體重四十八公斤。」

日本人繞過李傑，和石清搭起了話，這次用的是中文，聽起來音調怪怪的：「你好，我叫龍田正太，是日本人。請問這附近有沒有什麼賓館？」

「龍田正太？靠，這麼猥瑣的模樣竟然叫龍田！我還以爲叫龜田。正太的確比較符合他的模樣，這個龜田正太一定有個妹妹叫龍田蘿莉，他們的父母肯定是蘿莉控與正太控的組合，真是太可怕了！」李傑在心裏想。

李傑對這個日本人沒有什麼好印象，龍田卻不理會李傑的感受，用他細細的色狼小眼睛看著石清，李傑更加討厭他了，故意用德語搶著回道：「有個王府酒店比較不錯。」

「您能告訴我王府飯店怎麼走？」龍田聽到李傑的話，轉過頭來，用德語十分友好地問道。日本人竟然聽得懂德語，說得還很流利，這讓李傑吃了一驚。這個人還挺懂禮貌，不過，懂禮貌也沒有用，他給李傑的印象已經無法轉變了，李傑不是一個小氣的人，他並不怪這個傢伙搶病人，而是因爲從小就看抗日電影，痛恨日本人，更何況這個小日本的小眼睛在看石清時散射出色狼的光芒。

「我帶你去吧，我有一個朋友在那裏工作，肯定讓你享受到帝王級別的待遇。」李傑說的就是凌雪瑩的酒店，也是他唯一去過的大酒店。

「謝謝，十分感謝。」龍田說完，深深地鞠了一躬，旁邊那個漂亮姑娘也鞠了一躬。

第五劑

先天性心臟病的一歲兒

這是一個年紀在四十歲左右的溫文爾雅的男子，那雙深邃的眼睛似乎藏有無盡的智慧。
李傑沒有聽過鑫龍集團，但是他覺得總裁是如此人物，公司也不會很差。
「病人是我的兒子，今年一歲半，患先天性心臟病，醫生說是室間隔缺損，
醫療方面我雖然不懂，但是我知道這個病很難治療！」楊威說的也是實情，
孩子年齡太小了，手術很難執行。
「先去醫院做個全面的檢查吧！」李傑淡淡地說。
「你有幾成把握？」楊威問道。
「你為什麼不送到國外去做？外國的專家要比我成功率高很多。
楊董不會缺錢吧？」李傑不快地道。
本來他已經打算給病人開刀了，
但這個傢伙顯然有些不信任自己。

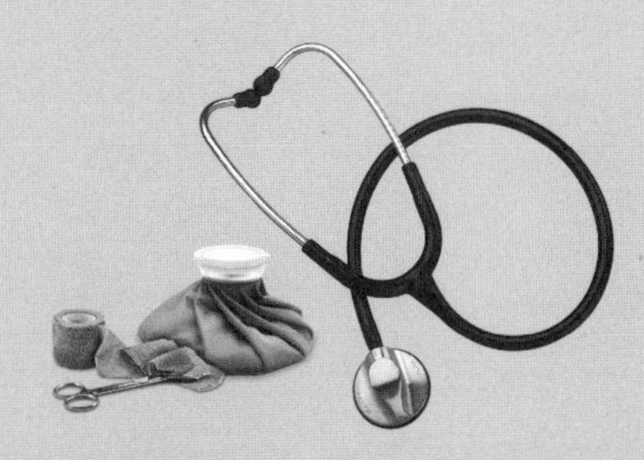

出了機場，攔了一輛計程車，李傑本想讓龜田坐在第一排，自己就委屈一下和兩個美女擠在後排，可石清發現李傑的眼睛始終徘徊在那個日本女人身上，眼神犀利得像一把手術刀，將對方的身體一層層地解剖開來，於是將他趕到了副駕駛的位置上。

龍田正太的中文很差，只會說一些簡單的話語，他身邊的那個女人一直都不說話，這讓李傑覺得奇怪，同時也更加堅定了自己的想法，他想到這個貌似蒼井空的美女會不會是龍田拐賣來的苦命女子？龍田爲了達到不可告人的邪惡目的——對，他應該是遺傳了正太與蘿莉控的性格，而且更加變態，將這個可憐的姑娘弄啞了。

車到了王府酒店。龍田很是大方地拿出一張一萬元面值的日元。可惜司機不要日元，龍田又沒有人民幣，於是李傑無奈地付了車錢，然後直奔酒店。

「李傑，你找我什麼事？」

李傑回頭一看，矜持的職業美女凌雪瑩正在自己身後。

「給你送客人來了，怎麼感謝我？總統套房兩間，不要爲他們節省，什麼東西最好就給他們什麼，日本友人，很有錢的！」李傑有種報復的快感，計程車費將他半個月的伙食費都花光了，這也不算什麼，爲了祖國的經濟發展做貢獻才是最重要的。

「龍田，已經定好了兩間房。」李傑要兩個房間還有一個目的，這個美女怎麼能跟猥瑣的龜田住在一起呢？

「謝謝，李君。」龍田再一次鞠躬。

「謝謝您的幫助，李傑君。」一直沒有開口的姑娘也表示感謝。她的聲音優美動聽，讓李傑陶醉了好一陣。看來她不是啞巴，李傑將自己的第一個想法否定了，不過拯救美女的念頭一直保留著。

石清看到李傑的樣子，氣不打一處來，狠狠地在他的胳膊上留下了幾個青色的印記。

凌雪瑩帶著他們看了看酒店的總統套間，龍田很是滿意，竟然要求住十天。

「這個小鬼子什麼身價啊？」李傑看著龍田竟然絲毫不在意錢，不禁納悶，龍田也太有錢了吧？

「李傑，上次的事情還沒有來得及謝謝你，你又幫我介紹了兩位尊貴的客人。」凌雪瑩謝道。

「沒什麼，我們都是朋友，我走了，再見。」李傑也不多說，因爲石清生氣了。

「石清，你等等我啊。」在王府飯店外的街道上，李傑費力地追趕著石清。

「你這會兒想起我了？」石清怒道。

「你一直都在我心中佔有重要的地位！」

「好，下次不許看別的女人流口水。」

「我保證絕對不再流口水！」李傑發誓道，心裏卻想，下次直接下手。

「這還差不多。」石清露出燦爛的笑容。

「小青石，我沒錢了，錢都給那個小日本付了車錢。」

「陪我走走吧，走累了我們再搭車。」石清軟語說道。

李傑微微一笑，挽起石清柔美動人的手臂，石清則溫順地將頭靠在李傑寬闊的肩膀上，慢慢走著。

酒店那間極盡奢華的總統套間裏，在昏暗的燈光下，龍田，不，確切地說是龜田，一臉猥瑣的笑容，他的手裏拿著一疊厚厚的照片，向著沙發上坐著的美女奸笑。

「你想明白了沒有，要是乖乖聽我的話，我就將照片還給你。否則，我就爬到東京塔上將照片散發出去！」

貌似蒼井空的女孩那美麗而精緻的面容一片慘白，她是那樣的無助與絕望，一雙水亮的眸子泛起點點淚光，貝齒緊緊地咬住早已失去血色但依舊十分誘人的下嘴唇，慘白的雙手抓著沙發的靠墊。

龜田看著她無助的樣子，狂笑著，厚厚的黑框眼鏡下是一種非人類才有的猥瑣面容。

忽然，房門被人一腳踢開，一個男人的偉岸身影在飛舞的灰塵中出現。

「是誰？」龜田的聲音開始顫抖。

「是來拯救我的麼？」貌似蒼井空的女孩好像看到了希望。

豪邁而響亮的笑聲迴響在房間裏。

「你是誰？快出來！」龜田的兩腿開始打戰，幾乎站立不穩。

「既然你誠心誠意問，我就勉為其難地告訴你，我是光明與正義的化身，是公正與秩序的代言。龜田，你的末日到了，你這個社會的腫瘤，讓我來消滅你吧！」

李傑身穿綠色手術衣，手持一把寒光粼粼的手術刀，在猥瑣的龜田的襯托下，顯得高大威猛。

「你別過來，你過來我就將她殺死！」龜田看起來十分瘋狂。

「龜田，本來你是有機會從這裏出去的，但是你浪費了這個機會！」李傑冷冷地說了一句，龜田的目光開始變得恐懼和絕望。

「這犀利的手術刀，神乎其神的刀法，精壯的身軀，迅速而又準確的刀刃，堅定且剛毅的眼神，你是，你是……」龜田說出了最後的幾句話，眼神終於渙散了。

「不用怕，龜田已經不會再傷害你了。」李傑無比溫柔地安慰著蒼井空。

「李君，我應該如何報答你呢？」貌似蒼井空的女孩問道。

「作爲正義的使者，怎麼能求報答呢？你快走吧！」李傑瀟灑地揮了揮手。

當女孩離去的時候，李傑奸笑著拿出從龜田手裏奪來的照片，他想看看龜田到底拍了什麼。

當他看到照片的時候無語了，這不就是普通的生活照麼，而且還是穿著羽絨服拍的……

辦公室裏，李傑趴在桌子上一邊流著口水，一邊在做英雄救美的夢。當他夢到最後，失望得差點醒過來。不過李傑何許人也，他怎麼能在這個時候醒，他還要繼續在夢中收拾那個貌似蒼井空的女孩。

「李傑，李傑，別睡了，院長找你。」

李傑怒了，他在夢中已經快抓到逃跑的蒼井空了。

李傑睜眼一看，他正在辦公室裏，叫醒他的正是那位久違的師兄。

「他找我幹什麼？我第一天回來就找我啊？」

「我怎麼知道你才回來？你回來也不找我，你不知道我很想念你麼？」師兄說道。

「去，少肉麻，聽說有個又美麗又有錢的少婦經常來找你啊？」李傑笑道。

「我還有事兒，先走了，別忘了去院長辦公室。」師兄被李傑說得滿臉通紅，自從上次插管事件以後，那個少婦總是來找他，弄得他灰頭土臉的。

現在是李傑實習的最後階段，Bentall論文也遞交上去了，雖然他不滿意院長對他的處理，但他畢竟還是要畢業的，不能耍脾氣，而且李傑現在知道了，院長做得很對，自己畢竟不成熟，不過李傑還是不喜歡他的專權。

李傑走進院長的辦公室，院長還是一臉和藹的笑容，沒有因爲李傑不在第一時間拜訪自己而不滿。

「回家還好麼？你母親也恢復得差不多了吧！」院長知道李傑因對自己有些不滿，所以先從側面入手。

「謝謝院長關心，一切都好。院長找我肯定有事吧。」李傑開門見山地說。

「因爲上次的風波，我利用媒體將你給母親做手術的事情曝光了，有人認爲你的手術很不錯，想讓你來做一個心臟方面的手術。」

「爲什麼不找王主任？他比我要強得多啊。」

「可是人家指明要找你，你準備一下吧。」院長淡淡地說道。

「王永主任如果都不能做，我肯定更做不了。」李傑道。上次王永將Bentall主刀的機會讓給了他，他不想再搶王永的手術。

醫院裏是很講究輩分和等級的，在一個科室，即便科室主任同意把手術給你，你還要問比你等級高的同事們，如果他們都不做了，你才可以接手。如果在科室裏人緣不好，那麼你就完蛋了，也許從實習到退休都做不到什麼手術。這次雖然是院長的命令，王永主任也同意，但如果每次都這樣，王永會怎麼想？李傑不想破壞和他的友誼。

「王永那裏我會去談，你放心，僅此一次！對方的來頭可不小，下午安排你們見面吧，好好地跟病人家屬談談。」院長道。

李傑一愣，院長原來都想到了，他已經放下架子，如果自己再不同意就有點過分了。

下午，李傑按照約定來到了新都酒店。這是一個懷舊式的酒店，華貴典雅，酒店服務員都穿著開叉旗袍，那完美的曲線讓李傑大流口水，同時也感歎有錢人的糜爛。

在服務員的引領下，他們來到了一個叫天上人間的豪華包間。進去之後，李傑發現屋內有兩個人，其中的一個人竟然是他很熟悉的，那濃眉大眼貌似忠良的傢伙，除了魯奇還會是誰？

「李傑醫生吧，我們等你很久了，我是上源集團的董事長魯俊，這位是鑫龍集團的總裁楊威。」

「幸會幸會，不知道魯俊先生的病怎麼樣了，聽說已經好了，似乎不用再治療了吧？」李傑冷冷地說道。他話中帶刺，諷刺這個化名魯俊的黑大哥不講信用，他本來已經答應李傑以後誰也不認識誰了，竟然又找上門來。

「李醫生，恐怕您誤會了，這次是我懇求您治病，而不是魯俊先生。」說話的是鑫龍集團的楊威。

李傑這才注意到，這是一個年紀在四十歲左右的溫文爾雅的男子，那雙深邃的眼睛似乎藏有無盡的智慧。李傑沒有聽過鑫龍集團，但是他覺得總裁是如此人物，公司也不會很差。

「李傑，來坐下，我們一邊吃一邊說吧！」魯俊笑著吩咐服務員上菜。

這頓飯錢足夠李傑一年的學費，但是魯俊一副滿不在乎的樣子。他能夠感覺到李傑的敵意，所以總是用笑來應對對方話語中對自己的攻擊。

李傑很無奈，但是他也不敢太過分，畢竟魯俊的真實身分是黑幫老大。於是又將目標轉向楊威，問道：「院長告訴我病人需要做手術，現在我還不知道病人的具體情況。」

「病人是我的兒子，今年一歲半，患先天性心臟病，醫生說是室間隔缺損，醫療方面我雖然不懂，但是我知道這個病很難治療！」楊威說的也是實情，孩子年齡太小了，手術很難執行。

「先去醫院做個全面的檢查吧！」李傑淡淡地說。

「你有幾成把握？」楊威問道。

「你爲什麼不送到國外去做？外國的專家要比我成功率高很多。楊董不會缺錢吧？」李傑不快地道。本來他已經打算給病人開刀了，但這個傢伙顯然有些不信任自己。

「老楊，你要相信李醫生，外國人不能做的手術他都可以做！」魯俊聽出了李傑的不快，趕忙打圓場道。

楊威臉一紅，他知道找人手術，就要完全信任人家，他也聽說李傑的Bentall手術在國外也沒有幾個人能做的，只不過他年過四十卻只有這麼一個兒子，他愛孩子勝過自己。

「那就拜託李醫生了，希望你能救活他！」

「放心，我會盡力而爲，不過在這之前需要做一個全面的檢查，而且孩子還太小，手術可能要推遲一段時間。」

「好了，李醫生都答應了，還有什麼怕的？來喝酒吧！爲了手術的成功！」魯俊舉杯道。

李傑現在看到這張濃眉大眼、貌似忠良的臉就煩，但是他又不敢怎麼樣，只能陪笑喝酒。

幾杯酒下去，大家都有些醉意，李傑不想再多待一分鐘，於是藉口明日上班便要告辭。

「我來送你吧！」魯俊說道。

李傑本想推辭，但是轉念一想又答應了下來。剛剛走出門口，李傑便說道，「魯哥的腿好多了啊！」

「托你的福，我的私人醫生都在感歎你高超的手術，他說如果沒有你，我可能殘廢了！」

「可是你卻沒有守信用，我們說過從此以後誰也不認識誰！」李傑有些憤怒。

「是的，可我現在是魯俊，上源集團董事長，不是魯奇，所以我找你也沒有什麼不妥，並沒有違背誓言。這次是給楊董的兒子做手術，你放心，楊威是個正經的生意人。」

「你倒是會挑人啊，誰都不找偏偏找我，魯董事長！」李傑挖苦道。

「哈哈！誰讓你技術高超？好了，回去吧，我聽說你在家中開了個益生藥店，沒能去捧場真是可惜。這次你要把握機會，楊老闆也做藥品生意，你可以從他那裏直接進貨。」

李傑不由地皺了皺眉頭，魯奇告訴他這些，實際上就是在警告他，李傑的家人都在他的監控下。李傑覺得自己走在鋼絲繩上，走不好就容易掉下去，他必須掌握好平衡，保護好自己同時保護好家人，不能讓這個陰魂不散的魯胖子有機可趁。

李傑怎麼也無法高興起來，這個手術是很難纏的，患者還是個一歲半的小嬰兒。

李傑回到醫院就和王永談到了這個手術，王永有些冷淡，李傑明白，這個手術原本應該是他的。雖然李傑不是有意的，但畢竟是搶了王永的手術，他本來還想讓王永給自己做助手，見此情景沒有敢提出來。

助手是一個大問題，整個醫院都沒有人能達到做助手的要求，想要找助手必須去別的醫院。就在李傑苦悶的時候，江振南教授打來電話讓李傑去一趟。

江振南教授肯定有辦法。李傑心想，他在醫療界就是北斗泰山一樣的人物，找一個助手還是很容易的，而且自己回來還沒有去探望過他，竟然讓江振南教授主動找自己，真有些不好意思。

江振南教授永遠是精神矍鑠，笑臉常開的老人，看到李傑，他更高興了，李傑是他近年來見到的最傑出的學生，有天賦而且很努力。

「李傑，聽說你在醫院裏是風生水起啊！」江振南說道。

「江教授說笑了，我都要混不下去了。」李傑苦笑道。

「哦?混不下去了?怎麼說?難道有人又刁難你了?」江振南關切地問道。

「這倒沒有,我需要一個助手來做一台室間隔的手術,患者年紀太小,手術很難!」李傑解釋道。

「這個沒有問題,你不用擔心,我可以幫你找助手。我這次找你是有個問題要拜託你,我記得你是會日語的?」

「是,不知道是什麼事?」

「我們學校與日本的醫療界一直都有聯繫,最近他們要派來一個交流團來學習醫學經驗,今天來電話說有兩個人提前來了。你看我還沒有準備好,希望你能代表學校去陪這兩個人,至於助手,我會你找一個合適的,醫院那邊,我會去給你請假。」江振南說道。

李傑不好推辭,沒有好助手,自己什麼也做不了。反正病人還需要一段時間調養,他便答應了江振南的請求。

李傑撥通了電話,嘟嘟幾聲後。一個猥瑣的聲音傳來,讓李傑一愣。這聲音聽起來怎麼像東瀛小矮子龜田啊?李傑委婉地一問,對方果然住在李傑安排的酒店,那麼這兩個人肯定是龜田與貌似蒼井空的女孩了。

李傑不由得想起了那天做的夢,同時也想起了那個貌似蒼井空的女孩,龜田雖然長得猥瑣，有損市容，但蒼井空妹妹不錯。於是李傑擠著公車來到了酒店，一下車就看到了猥瑣男人和漂亮女人的組合。

「啊！李君，竟然是你？你怎麼會來這裏？」龍田正太不解地問道。

「剛剛打電話的就是我，我就是負責接待你的人，廢話少說，出去玩吧！」李傑轉而又對貌似蒼井空的女孩問道，「我還不知道你的名字，敢問芳名？」

「我叫龍田虹野。」龍田虹野說話的聲音猶如微微春雨，甘甜且細潤，李傑聽了覺得好像注射腎上腺素一般，血流加速，心臟狂跳。

「你們是兄妹？」李傑突然反應過來。在得到確認以後，他覺得這個世界太瘋狂了，造物主也太偉大了，兄妹兩個人居然能相差這麼大，一個猥瑣陰沉，一個天真美麗，兩個極端啊。李傑感歎了一陣以後說道：「好了，今天也不早了，不能去什麼地方玩了，咱們就在城內逛逛，讓你們看看什麼叫做千年古城，什麼叫做博大精深。」

「有勞李君了。」龍田正太感謝道。京城的春天很短暫，寒冷的冬日過後，沒有多久就會變成炎炎夏日。現在正直春夏交替的時節，氣候倒也涼爽宜人。

李傑本來打算叫石清一起來玩的，但是一想到這個小日本看石清那種色瞇瞇的眼神，便不想讓他接近石清。

李傑一路上介紹中國博大精深的文化，兩個人聽得很入迷。其實他們本來就對中國文化無比崇拜，才先過來看看。

「可惜到了清代就沒落了。」龍田正太突然感歎道。

李傑看了他一眼，這個死龜田哪壺不開提哪壺，近代沒有日本，中國會這樣？這會兒李傑才想起來，這個猥瑣的小龜田是一個小日本，自己竟然不知不覺把他當自己人，真是罪過。

「聽過鳳凰麼？」李傑問道。

「聽說那是一種神鳥，祥瑞的象徵。」龍田正太說道。

「龜……不，龍田兄還算有學問！鳳凰在快要死的時候會飛向烈火，在火中將糟粕全部拋棄，在短暫的陣痛過後，便會浴火重生，再次重生的鳳凰更加絢麗璀璨，明白麼？」

「我明白，你是說你們國家總是在亂世後再現盛世，可是我覺得世界的未來是在亞洲，亞洲則是要看我們日本！」

好你個小日本，真會做夢！李傑恨恨道，這個小子肯定是日本歪曲歷史的教育下的產物。

李傑剛想教訓猥瑣的小龜田，發現他竟然在一對對弈的人身邊停了下來。下棋的是一老一少，少執黑，年長執白。老者棋風穩重，一看就在棋壇中浸淫多年。年輕人分格詭異，顯然是後起之秀。老者撚鬚搖扇，目光慈祥，年輕人雙手握拳，目不斜視。盤中黑虎逞兇，殺氣騰騰，不可一世。白子若飄世浮雲，似斷似連，縱橫方寸。

李傑注意到，年輕人的黑龍雖然鋒芒畢露，但後力不足，而白子迴旋空間較大，定有後招。

「龍田，要不要猜猜誰贏誰輸？」李傑建議道。

「好，我選黑，勇猛兇狠，果敢剛進，符合我們大和民族的作風。」龍田說道。這也正合李傑的意思，白棋正是李傑所向。

李傑也不爭論，靜靜地在一旁觀看起來。龍田此時也安安靜靜地看棋，他們都知道觀棋不語真君子，剛才兩個人說的都是日語，對下棋的人也不構成什麼影響，他們在棋盤上激烈地廝殺。棋到中盤，黑虎越發逞兇，處處緊逼。龍田在一旁看得是一臉得意，還小鼻子小眼地向李傑笑。

李傑看得也是一身冷汗，白子若是這樣一直持續下去，那後盤中將是十分吃力。但仔細一看，白子基本面上不吃虧，不過是小小受挫而已，只要抓住機會定然會滅掉黑棋。

李傑只是怕老者無法看穿局勢，禁不住看了他一眼。

老者似乎不是很擔心，只見他合扇執子，面貌從容，不慌不忙地落盤定子，然後看著對面的年輕人。

年輕人擦去頭上的汗水，快速落子，似乎早已考慮成熟。一時之間寂靜無聲，只有圍棋落盤之音斷斷續續地傳出。

下了幾招以後，黑虎越發猖狂，緊緊咬住白子一角，似有將其全部消滅之勢，老者還是一副泰然處之的樣子，不與黑虎做過多糾纏，大有放棄一角江山之意。龍田和年輕人都是一臉興奮，似乎勝利就在眼前。年輕人是招招刁鑽，子子狠毒，似乎要將老者的白子困於中局，大行殺伐。

「李君，你看到了沒有?白子要輸了!」

「這可不一定，你看到的不過是表像而已。」其實李傑看到白子的處境，也略感不妙，但是當他仔細觀看棋局之勢後，覺得這黑虎有點詭異，說它逞兇吧，似乎被白子阻斷，但是又有鋒芒，說它活躍，只是不如前盤那般殺氣騰騰。

李傑又看了一眼老者，只見老者面色如故，毫無緊張與激動。李傑便也放下心來，對龍田說道：「看到了麼，黑棋就好比你們日本人，氣勢雖盛，但必然不能持久!」

「哼，你棋藝太差勁了，雖然圍棋是你們中國人發明的，但是我們日本將它發揚光大

了。」龍田在一旁開始自大，「還有你們的茶文化，東渡日本以後，我們將其發揚爲茶道。就連你們的醫術，現在也是我們發揚光大！」

李傑看著龜田那得意的樣子不禁有些惱怒，反唇相譏道：「所以說你們狹隘，偷點東西就當寶貝，我們的好東西多了，你們不過學個皮毛還總拿出來賣弄！就像你們日本學中藥，知道什麼叫道地藥材麼？你們種的中藥永遠也不會有中國的療效！」

「李傑君，不可否認，你們的國家真是偉大，比如紫禁城，不過你說說這金碧輝煌的宮殿，要不是幾十年前，我們國家幫著你們抵抗侵略，你們的古典建築不可能保存得這樣完好！」龍田正太說不過李傑，改變主攻方向。

李傑一聽就來氣，你個小鬼子，侵略還說得那麼冠冕堂皇，要不是日本侵華，我國的大好河山更爲壯麗。

「龜田，我不想跟你討論政治，你聽著，日本侵華是不容置疑的歷史，我會給你看更多的證據，現在你要是再敢說一句剛才的話，我就立馬把你打得生活不能自理。」李傑一把抓住龍田的衣服，惡狠狠地說道。

「我說的就是歷史，我從小到大，學的就是這個歷史，所有人承認的歷史，書上就這麼記錄的！」龍田也擺出了事實，他有點委屈。

「你們的歷史是政客篡改的歷史，你們還妄談歷史？真是可笑。」李傑吼道，「遣隋使、遣唐使都是來中國學習的。想想你們的幾個寺院是什麼樣的建築格局？看看你們的京都，說不好你們日本人就是徐福的後代！」李傑看著還在負隅頑抗的龍田正太，火氣又大了。

這個時候，李傑發現他們的爭吵打擾人家下棋，於是不再說話，他心中恨極了這個小日本，這麼小就成了右翼分子。

若干手後，老者向對面的年輕人悠然地說了一句：「棋風詭異，不拘一格！」年輕人聽到後，欣欣然而喜形於色。聽到後一句時，笑容卻消散殆盡。老人說的是：「然方正大氣方爲王者之道，詭道，奇兵不過輔佐之道而已，必然不能長久！」

李傑聽到後，趕緊翻譯給龍田聽，順便還加上了自己的話：「看到沒有？你們國家就是這樣，必然不能長久！」

「我們不談政治，你有你的想法，我也有我的看法，先說賭棋，我還是認爲黑子會贏！」

「好啊！繼續看！」

李傑知道黑虎已是強弩之末，大勢已去。果然，老者幾手落子，黑虎鋒芒盡收，白子則殺影重重，年輕人手忙腳亂，本來局勢已經難以應付，卻又忙中出錯，敲落一子，黑虎軟肋頓現。

老者抓住機會，白子化雲爲龍，死死將黑虎咬住，一時之間，黑子優勢盡失，已乏回天之力。

年輕人疲於奔命，再無開盤之時鋒芒，真是有心翻盤，無力回天，兩手過後，便棄子投降。

棋局過後，龍田還不服氣，嚷著要和李傑殺一盤，李傑卻不理他，心想日本人果然無恥，輸了就不認賬。

「走吧，別下棋了，我帶你去個好地方。」

「去哪兒？」龍田不解地問道。

「當然是好地方！」李傑還是拽著龍田往前走，心想：這個日本矬子如果不修理，早晚會變成一個右翼分子。李傑帶他去的不是別的地方，就是燕京八景之一的盧溝橋，抗日戰爭的著名戰場。

來到了盧溝橋，龍田兄妹看到眾多大小不同、形態各異的石獅子，有的昂首挺胸，仰望雲天；有的雙目凝神，注視橋面；有的側身轉首，兩兩相對，好像在交談；有的在撫育獅兒，好像在輕輕呼喚；有的高豎起一隻耳朵，好似在傾聽著橋下潺潺的流水和過往行人說話……真是千姿百態，神情活現。

龍田正太並不知道盧溝橋的歷史，但他被盧溝橋高超的建橋技術和精美的石獅雕刻迷住了。

「李君，這兒有多少個獅子？怎麼數不清楚？」龍田迷惑地問道。

「其實這是一座神橋，獅子是永遠也數不清楚的，不信你可以數！」李傑神秘地笑道。

龍田兄妹當然不信，於是又去數獅子，可是怎麼數也數不明白。

盧溝橋的獅子一直就是個謎，政府曾經專門派人來清點，都無法數清楚，兩個人更別想在這一時半刻數清了。

「我服了，怎麼會數不清楚？真是一座神橋！」龍田正太說道。他果然跟多數日本人一樣，有些迷信。

「其實這橋也是一個許願橋，這裏是有神靈的，你站在橋邊，將心裏的願望大聲喊出來，神靈十有八九會幫你達成。」

龍田正太半信半疑，他沒有聽說許願還需要大聲喊的，但是看到李傑一本正經的表情，好像不是說謊。

龍田虹野已經相信了李傑的話，站在橋邊便要許願。

「讓你哥哥先許願吧，你先等等！」李傑趕緊拉住了龍田虹野，她跟正太不一樣，她可沒有什麼可惡的言論。

龍田正太的表情突然嚴肅了起來，作爲龍田家族的長子，從小他就接受最嚴格的訓練，雖然他覺得自己擁有最高貴的血統，最聰明的頭腦，以及最高超的技術，但他還有一些願望不能達成，也許，許願是一個很好的方法。

龍田正太走到橋中央，整理了一下衣服，深深地吸了一口氣，扯開嗓子，用盡力氣大聲喊道：「我要成爲這個世界上最強的醫生，我要建造一所這個世界最大最好的醫院……」

龍田的願望還沒有喊完，就被一個咬了半口的番茄打斷了，龍田有些惱怒，他一看，周圍的行人正面露猙獰，殺氣騰騰地看著自己，彷彿要將他生吞活剝了一般。接著陸續有半個饅頭扔過來，嚇得他抱頭躲在了李傑身後。

「小日本竟然來這裏囂張，太欺負人了，今天咱們就學學革命前輩，在盧溝橋打小日本！」人群中不知道誰在起哄。

在盧溝橋上敢用日語囂張地大聲呼喊，估計龍田正太算第一個。李傑很想笑，但是卻不敢，如果讓龍田正太知道自己整他，還不哭著去告狀，李傑害怕江振南教授教訓他。

龍田兄妹已經嚇傻了，抱著頭不知所措。

「大家別生氣，你們誤會了，他是在贖罪的，不是來挑釁的，他是日本人中的好人，他的祖輩都是反對侵略的！」李傑大聲喊道。如果再不阻止這群憤怒的人，他們扔的可能不僅僅是一些吃剩的食品了。

在人們的半信半疑中，李傑趕緊對龍田說道，「你太不小心了，怎麼能用日語呢？對中國神說話要用漢語說，現在神生氣了，派人來教訓你！」

「那怎麼辦？」龍田緊張地問道。

「快點跪下，磕頭贖罪，對著剛剛許願的方向！」李傑說完，對憤怒的人群說：「他也是一個可憐的孩子，他一直想學中國文化，可是日本政府對他們嚴加迫害，不讓他學習中文，所以他不會講漢語。」

憤怒的人們一看，這小日本竟然虔誠地跪下來磕頭了，看來果真是來贖罪的，想來是錯怪人家了。他們一個個滿懷歉意地上前來跟龍田正太握手，有的還送給他一些小禮物表達歉意，還有一些人鼓勵他。

龍田虹野則是一臉疑惑，她覺得中國的神的確是真神，竟然如此靈驗。可是讓自己對橋大喊，卻怎麼也說不出口，於是閉著眼睛許願。

龍田正太被唬得一愣一愣的，自己剛表示完歉意，神馬上就收回了懲罰。

李傑與幾個青年友好地握了握手，便和他們揮手道別了。

龍田正太此刻心有餘悸，對這個大神敬畏有加。其實龍田並不傻，也覺得事情有點奇怪，不過他的家族一直比較迷信，他多少受到了感染，加上他對忠厚的黑臉李傑信任無比，所以吃了虧。

「李傑君，真是謝謝你了！」龍田正太鞠躬道。他是真心的，彎腰都超過了九十度，龍田虹野也跟隨著哥哥一起感謝。

李傑感到很不好意思，整了人，還讓人家謝自己。不過想到龍田是右翼分子，李傑就沒有什麼罪惡感了。他暗下決心，今天讓你道歉，總有一天我會讓日本人來這裏真正地道歉。

日本醫學天才

龍田正太停止了手術動作，挺直身體，護士則趁著這個時候給他擦汗。
就在他停止手術的一刻，病人心臟的情況清晰地展現在眾人面前。
「不可能！竟然是隱性的左心室腫瘤！」王永驚呼道。
觀摩室再度議論紛紛，這不是一例普通的心室瘤，
而是發生機率只有萬分之一的隱性室壁瘤。
李傑倒抽一口涼氣，龍田正太果然名不虛傳！
李傑覺得就憑著他這個隱性瘤的探查技術就足以傲視群雄！
由於隱性室壁瘤的發生機率非常之小，目前可以得到的手術資料就很稀少，
這也就是說龍田正太剛剛用手探查腫瘤並非靠的是經驗！
難道他真是一個天才？

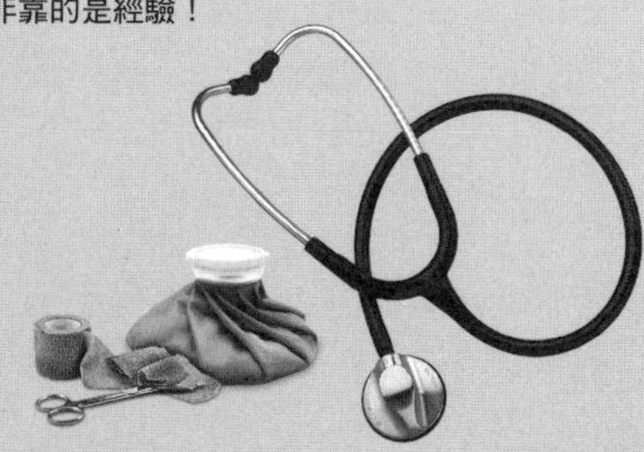

李傑足足陪小日本龍田玩了三天，也足足讓龍田鬱悶了三天，他覺得自從來到中國以後，就變得倒楣了。

當然這都是李傑搞的鬼，他不但將龍田正太耍得團團轉，還趁機獲得了龍田虹野的好感。當然李傑不是腳踏兩條船的人，他不過是風流而已，誰讓龍田虹野長得那麼像蒼井空。

龍田正太很懷疑是不是因爲自己得罪了那座獅子橋上的神仙，所以運氣變得差了起來。當他看到妹妹被李傑迷住的時候，更加堅定了自己的想法，他知道妹妹許的願是希望有一個白馬王子來迎娶她，這個願望竟然實現了，李傑雖然黑了點，但人品不錯，且博學多才，怎麼也算個黑馬王子吧！

這三天來，李傑總是在教育正太，希望能通過自己的努力來改變正太的右翼傾向，可惜他的努力全是白費，一個人的觀念不是那麼容易改變的。

日本醫術交流團的其他人也來了，李傑終於可以不用面對戴著黑框眼鏡、有著一雙色瞇瞇細條眼睛的龍田正太了。現在他要準備的是鑫龍財閥董事楊威兒子的手術，楊威一直到今天才將兒子送過來檢查。

楊威戴了一副墨鏡，將懾人的眼光完全遮蔽住，完全變成了一個不起眼的普通人。孩子由身後的助手抱著，奇怪的是孩子的媽媽沒有來。

李傑不由懷疑起來，他覺得事情沒有那麼簡單，但是有些事情還是不知情最好。

孩子很可愛，但總體上發育不是很好，應該是心臟病的影響，精神也不是很好，明顯的鼻翼扇動是缺氧的表現。另外，李傑注意到孩子嘴唇以及手指腳趾有不明顯的紫色，這是因爲血液缺氧。

「這是病歷以及檢查資料。」楊威說完，他身後的助手遞過來一個檔案夾。

李傑接過檔案夾說道：「需要我來做手術，就必須再檢查一次！」

說完也不管楊威的反應轉頭就走。楊威的助手看不慣李傑的囂張作風，想衝上去教訓他，被楊威伸手攔住了。

李傑之所以要求重新檢查，因爲他不能完全確定這孩子是室間隔的缺損，他缺氧沒有那麼嚴重。這是他回家的時候跟胡醫生學習的方法，胡澈教他注意觀察細節，從細節中思考。這個時代的儀器比較落後，很多疾病的檢查都是從物理檢查入手，隨著儀器的進步，診斷效果、治療效果也在進一步地提高。

心電圖檢查、X線以及聽診成爲了診斷的主要依據。孩子年紀太小，不能做血管照影，所謂的血管造影就是將人工塑膠或者呢絨插入血管至大動脈中，然後用X光照片。

是肺動脈口的狹窄麼?如果可以做心血管的導管，那麼就可以根據血管之間的壓力差來判斷病情。

李傑在猶豫應該如何來判斷，不由得懷念起胡醫生。如果他在就好了，他擅長診斷，而李傑擅長的是手術，並非診斷。

「孩子還是先留下，手術的日子需要瞭解了情況才能定！」李傑說道。

楊威雖然很想早點做手術，卻不敢違背醫生的意思，於是說道：「拜託李醫生了，希望替我保密，這裏除了你，沒有人知道這個孩子姓楊！」

楊威說完又回頭看了一眼孩子，戀戀不捨地走了。李傑一愣，他覺得楊威有些奇怪，大多有錢人都有這個毛病，但他能看出來這個傢伙對孩子還是很關心的。

將孩子交給了護士，李傑去找江振南，他說過給自己一個助手。

其實李傑想要的助手是王永，如果王永能給他當助手，李傑也不用爲診斷發愁了，不過這幾乎不太可能。

江振南在聽到李傑的話後，笑了好一陣子，笑得李傑莫名其妙。

「李傑啊，你不知道麼，這兩個病很容易區分的，你只需要用聽診器聽雜音，如果是肺動脈狹窄，應該在第三根和第四根肋骨處聽到，如果是室間隔缺損應該在第二根肋骨處聽到，兩者的聲音有區別。」

李傑的黑臉一紅，說道：「江教授，這是一個一歲半的小孩，由於肋骨間距離太小，不容易分辨啊！」

其實李傑也知道這個方法，但無奈他對機器依賴過多，對於傳統的方法只能算是一般，達不到一流。

「你還是臨床應驗少，我給你把助手叫過來吧，本來你這個手術還需要過一陣才能做呢！」江振南一邊說著一邊撥打電話。

大約一個小時左右，隨著一陣敲門聲，進來了一個年紀大約三十左右的年輕人。那套衣服，那個面孔，除了李傑的情敵王睿還有誰？

「江教授好！」王睿行禮道，一轉頭看到了李傑，驚訝道：「李傑！你也要做第二助手嗎？還是週邊護士？」

李傑心裏生氣，他也太小看自己了。

「王睿，坐下說話，李傑不是助手，這次他是主刀，我就是請你來給他當助手。」江振南緩緩說道。

王睿一臉不相信的樣子，李傑那張忠厚老實的黑臉雖然看不出年齡，但是最多也就三十歲，怎麼可能做主刀醫生？自己還要給他做助手。

「我還以爲是王永老師主刀！」王睿喃喃自語道。

「那就要委屈你了，王永也給他做過助手的！」江振南笑道。

「江教授，我不是這個意思。我完全服從您的安排！」

李傑不知道王睿技術怎麼樣，於是在回家的路上跟他談了很多，也詢問了一些他的經歷。

王睿的經歷與王永有驚人的相識，都是天才一般的學生，後來快速地升職爲主任醫師。當然他們倆都不是走關係靠門路的，而是靠著過人的學識，以及一場場手術的磨練才到今天的。對此，李傑還是感到滿意的，也很感謝江振南教授給他找了一個這麼好的助手。

李傑將孩子的病情告訴了王睿，王睿二話不說，拿起聽診器開始做聽診。

「不是肺動脈口狹窄！」王睿肯定道。

「你確定？」李傑疑問道。他有點不相信，他一直覺得這小子不會比自己強。

李傑接過聽診器，仔細地聽了一下，的確是兩種聲音。這下，他不僅暗罵自己粗心急躁，如果剛才仔細聽診，就不會造成這樣的錯誤，竟然在情敵面前丟人。

他又聽了一會兒，想將這個聲音記在腦海裏，防止日後再犯錯誤，突然李傑臉色一變，放下聽診器，吩咐護士將心電圖拿來。

王睿在一旁看得一頭霧水，不知道李傑想幹什麼。

李傑將心電圖展開，仔細觀察這些跳躍如精靈的波線，心電圖的每一個跳躍都是表現心臟的活動。有的時候心電圖在一個成熟醫生的眼中，要比很多先進的儀器還要管用，波的寬度與長度哪怕有一丁點兒的差異，醫生都可以作爲診斷的依據。

李傑又將楊威提供的病例以及以前診斷的各種依據拿出，仔細地觀察。看了半天，李傑像是對王睿說，也像是自言自語道：「他絕對不僅僅是室間隔的缺損！」

「不會吧？應該是的，不會錯！」王睿搶過心電圖看了一會兒，接著又用聽診器聽了一遍，確定地說道。

李傑將自己發現的新問題說了，王睿依然覺得還是室間隔的缺損，兩個人爲此爭論了好一陣子。

當拿不定主意的時候，去請教別人是一個好的選擇，第一附屬醫院能夠請教的除了王永也沒有別人了

王永的辦公桌上擺著厚厚一層的手術資料，都是他這些年來的手術心得。溫故而知新，這是王永最喜歡的一句。

主動脈瘤，主動脈壁局部或彌漫性的異常擴張壓迫周圍器官而引起症狀……王永看到手中的主動脈瘤資料後，不由地想起那次與李傑合作的Bentall手術。

從那次手術開始，王永突然開始有點自卑心理，李傑的手術水準或許並不比他強多少，但是他在手術中各種匪夷所思的操作，以及創新的方法，讓他驚歎不已。

其實從第一次觀察李傑的手術開始，王永就已經有這種感覺，只是沒有那麼強烈而已，因爲自己一直是主刀，而那一次成了助手。

助手！這次院長也想讓他來做李傑的助手，不過後來又改變了主意，這次日本交流團來了，作爲中華醫科研修院的第一附屬醫院已經一方承擔與日方臨床技術上的交流，王永將會用一場手術來展示第一附屬醫院心胸外科手術的最高水準。

王永將手術資料全部收了起來，整個桌子頓時變得空蕩蕩的，只留下了一個病例，上面寫著「主動脈瘤切除」。

王永選擇了主動脈瘤，一個類似於Bentall的手術，雖然難度極其一般，但卻同樣能夠展示出主刀醫生的最高水準。

王永選擇這個手術，就是想突破自己的極限。李傑已經成爲他心中的一個陰影，如果不在同樣的手術上超越他，以後王永就會喪失信心，技術也會止步不前。相同的操作，超越這個陰影！

敲門聲響起。王永不禁皺起眉頭，醫院已經確定讓他放假幾天來準備，怎麼還有人來打擾？

來人是李傑，跟王永想像的一樣，只有李傑和石清才會在這個時候打擾他。而石清正在忙工作，那麼只有李傑這個閒人了。

「李傑，你不忙你的手術來我這裏幹什麼？」王永沒好氣道。

「這不是有難題麼，只有你王主任能幫忙，我診斷上出了點小問題，來幫幫忙吧！」

王永差點氣得背過去。上次李傑搶了他的手術，當時他還沒覺得怎麼著，後來越想越不是滋味，已經好長時間沒有給他好臉色看了，而李傑卻不當回事，對他還是跟以前一樣親密。

「好吧，不過你要答應我一件事。」王永陰險地笑道。

「說吧！」李傑高興地說。其實他也不是那種厚臉皮的人，王永有意見，他還是知道的，但是王永是他最親密，最可以信賴的朋友之一，他不想失去這份友情，如果能化解矛盾，最好化解。這次請教王永無疑是一個解決矛盾的開端。

「中日醫學交流會上我會做一個手術，希望你能做我的助手，怎麼樣？考慮一下吧！」

王永淡淡地說道。

「我本來就是你的助手啊！這還用考慮麼？」

王永聽了很受用，李傑這句話無疑承認了自己的地位。看著李傑那憨厚的黑臉，王永有點兒慚愧，或許李傑從來沒有想跟自己爭奪第一主刀的地位，所謂的危機感，都是自己逼出來的吧？

「王主任，快來幫我看看，病人很可愛的，你一定喜歡！」

王永被李傑連拖帶拉弄到了病房，當他看到這個可愛的小病人時，高興壞了。他情不自禁地抱起小孩，又是用鬍子扎，又是摸臉蛋。

李傑和王睿看得差點吐血，看到王永喜歡小孩本來還挺高興，誰知道王永竟然喜歡欺負小孩。

「王主任，你快點診斷吧，這個孩子病得不輕，你再欺負他，可就壞事了！」李傑勸解道。

王永看著可愛的孩子，戀戀不捨地放下，說道：「我多疼愛他啊，怎麼能欺負他呢？」

王勇說完便去看資料，將心電圖等等看一遍，又做了聽診，連結論都差不多，不過卻徹底地否認了王睿的結論，病人絕對不是單純室間隔缺損。

「可能是心室間隔缺損與漏斗部型的肺動脈口狹窄可以合併存在，形成所謂非典型的法洛四聯症，更可能是大型室間隔缺損伴肺動脈高壓……」王永喋喋不休地說著，差點讓李傑瘋了。

李傑是多麼盼望這個孩子能夠長大一點，或者設備再先進一點啊，那樣就不用住院觀察，可以直接手術了。

「只能讓這個孩子在醫院住幾天了，長時間觀察來確診。」李傑鬱悶道。

「是啊，孩子最好留在這裏，讓我好好寵寵他！」王永奸笑道。

「王主任，你還是去準備你的手術吧！」李傑看著孩子被王永折騰，便說道。緊接著又問：「日本方面準備派什麼樣的高手出場啊？」

說起手術，王永立刻變得一本正經起來，他放下孩子，說道：「我也不太瞭解，聽說是一個叫做龍田正太的年輕醫生！」

李傑聽到這個消息差點暈過去，龜田？李傑一直以爲他不過是一個陪襯，沒想到竟然是日方的主刀醫生！

小病人在病房裏已經待了三天，做了各種檢驗，現在正在確定病情，甚至江振南教授也來了，也怪這個孩子的體質太奇異，會診了很多次，依然無法確定病情。

不過會診也是有效果的，現在病情已經定在了兩個方面：大型室間隔缺損伴肺動脈高壓，或者是不完全的法洛四聯症。

兩個病症都不是單純的室間隔缺損，這個手術如果在成年人身上來做，或許成功率能大一些，現在是一個孩子，一個一歲半的孩子，心臟那麼小，而且身體那麼弱，這給手術增加了巨大的難度，再加上手術中可能出現各種情況，對李傑來說又是一次巨大的挑戰。

手術的計畫還在討論中，李傑發現楊威出現過一次以後就不見了蹤影，再也找不到他了。因爲手術改變了，不再是室間隔的手術，所以之前簽的手術協議無效。

病人父親不來，李傑也不著急，孩子在醫院多養幾天更好，李傑卻不會因此而清閒，他還在準備做王永的助手。主動脈瘤雖然是李傑熟悉的手術，但無論怎麼熟悉，術前準備還是要完備的。人命關天，不容許有絲毫的馬虎。再說每個動脈瘤的位置不一定都相同，病人體質不一樣，在手術中的處理也不一樣。

李傑的準備就是翻看著王永以前的病歷，研究他慣用的手法與技巧，作爲助手就是要配合主刀醫生，具體手術的實施則是主刀醫生的事。

李傑看了一會兒主動脈瘤的筆記，就忍不住去看王永其他的手術筆記，動脈瘤對李傑來說實在是沒有什麼意思，而王永所有的手術筆記都很有價值，每一個手術筆記都讓李傑覺得收穫頗豐。

王永有一個好的習慣，就是將自己以前的病歷整理得非常有條理，特別是一些需要注意的地方都做了注釋和說明，同時加上自己手術的心得。

「李傑，手術病人找到了！」王永急沖沖地進辦公室大聲道。

「什麼？」李傑放下手術筆記說道。

「龍田正太的病人找到了，他會先我們一步做手術！」

龍田正太，一個被李傑整得快崩潰的傢伙，李傑怎麼也不覺得他那樣的傢伙會是一個厲害的醫生。按照中國人的觀念，這樣面相猥瑣，尖嘴猴腮的傢伙肯定不是好人。

「其實這個龍田正太我認識，很傻的一個人，不知道日本方面怎麼會派他作爲代表？」李傑笑道。其實他並不是小看他，而是看到王永有些緊張，便給他點信心罷了。

「可別小瞧了這個龍田正太，他已經是有著五年以上臨床經驗的成熟醫生了。」王永說道。

「五年？他才多大啊？」李傑有點不相信。他觀察過，這個小子看上去面相老，不過最多只有二十歲。

「你不知道他在日本多有名氣，龍田家族就是一個醫學世家，他們的曾祖父是日本第一批出國留學的西醫，而龍田正太是家族中的驕傲，日本方面把他稱爲日本新一代的醫學領軍人物。」王永感歎道。

果然人不可貌相。李傑心想，如果王永所說都是真的，那麼眼前的這個龍田正太的實力可真是不容小覷，日本在醫學方面是很發達的，龍田究竟有著什麼樣的實力，可以被稱爲日本新一代的領軍人物？

李傑能感覺到王永很是激動，甚至有些發抖。不知道他是害怕了，還是緊張了。

「王主任，讓他先動手術也好，我們可以先看看他的實力，我覺得日本新一代的領軍人物的頭銜有點誇大了，你也知道一個成熟的醫生不是幾年就能夠練出來的！」

「是啊，船到橋頭自然直，想那麼多也沒有用。」王永雖然這麼說，但是依然放不下心中的包袱。

就在李傑和王永談論龍田正太的時候，對方也在研究他們。龍田正太是一個很驕傲的人，他的驕傲表現在手術台上，很少有人能夠在手術台上展現出讓他折服的技術。

龍田正太手裏拿著厚厚的資料，很奇怪他手裏的是關於李傑的手術記錄，並不是王永的。

龍田虹野站在身後靜靜地看著他，不知道哥哥手中的資料有什麼好看的，從昨天一直翻到今天，她從來沒有見過哥哥在手術前表現得如此憂慮，在她眼中，哥哥在手術台上幾乎是萬能的。

的確，在龍田正太二十一年的人生中，能夠在手術台上戰勝他的人，沒有一個不在三十五歲以上，沒有一個不是功成名就的醫生。

龍田正太在中國發現了李傑，有點不相信關於李傑的傳聞。在他看來，李傑只不過是一個很普通的實習醫生罷了，至於傳說中那些匪夷所思的故事，只不過是以訛傳訛而已，還有是爲了掩蓋他的一次急救醫療事故，居然用髮夾穿刺心臟，真是大膽！最讓龍田正太不能相信的就是李傑的Bentall手術，如果換作自己，只有三成把握能夠成功，還是在沒有感情波動的情況下。

給自己的母親做手術？簡直就是開玩笑，在外科醫生的眼中，手術台上的病人不過就是一部需要整修的機器而已，誰可能將至親的生死排除於感情之外？

資料上還記載李傑年紀是二十歲，比自己還小一歲，龍田正太更不明白，李傑到底經過什麼樣的訓練。當別的孩子玩普通積木的時候，龍田玩的是人的內臟模型，五歲他就熟悉了人體，七歲他第一次解剖動物……

龍田將手中的資料丟在一邊，聽著帕格尼尼的《二十四首隨想曲》，閉上眼睛將手術的畫面在腦海中模擬一遍，這是他每次手術前都要做的事情。

對於龍田正太來說，那跳躍的豔紅色的心臟永遠都是他的追求。

時間終於到了那一天，中華醫科研修院第一附屬醫院的可觀摩手術室坐滿了醫生，大家交頭接耳討論著這次手術。

日本新一代醫療界領軍人物這個名頭讓這群醫生唏噓不已，有佩服的，更多的是妒忌與仇視！

人們在談論時，不知不覺會將李傑與龍田正太作一番比較。一個是中華醫科研修院的天才學生，一個是日本新一代醫療界的領軍人物。

到底是李傑更強點還是龍田正太更加優秀呢？漸漸地，這個話題成爲了人們最關心的。

李傑畢竟是中國人，出於對同胞的感情，在場的中方觀摩醫生無一不認同他是最強的，並且舉出李傑做過的各種手術來加以佐證。

日方觀察團則安靜地坐在一旁，他們那一臉的驕傲似乎表明他們已經穩操勝券！他們這次來，特意邀請了龍田正太，為的就是向中國的同行們展示龍田的技巧。這幾年，在中日醫學交流中，日方輸的次數很多，他們想扳回這個局面。

對於這些無聊的討論，李傑根本沒有聽進去。哪方水準更高一點，對李傑來說根本無所謂。他站在手術觀摩台上，透過巨大的隔音玻璃，靜靜地望著手術台。他關心的是龍田正太到底能到什麼程度。

現在還沒有到手術時間，病人已經接受過中度低溫麻醉，躺在手術台上了。助手正在病人身上布巾，僅僅留下胸口的一丁點兒皮膚裸露在外。

隨著手術的準備工作完成，龍田正太身穿手術衣，雙手放在胸前走了進來。李傑覺得龍田正太像是變了一個人，再也不是他心中那個猥瑣的龍田了。

其實李傑不知道，在他上手術台的時候，大家也是這麼想的。在大家眼裏，李傑上了手術台，就像根本變了一個人，那是一種蛻變，平時吊兒郎當的李傑在手術台上就彷彿朱元璋從農民變成龍椅上的君王一般，那是一種無法形容的感覺。

無影燈下的龍田正太，依然戴著那個鏡片厚厚的黑框眼鏡，那厚鏡片下的細條眼睛卻似乎不再是李傑熟悉的那雙。

這是一個大手術，手術對象是一個心臟腫瘤病人。這樣的病人很少見，即使是李傑在前一世做李文育時，儘管有多年的臨床工作經驗，他也沒有做過這樣的手術。

他曾經問過，這個病人是從別的醫院調過來的，是一個貧困家庭的成員。這樣的手術交流有一個好處就是，可以讓一些貧困的患者得到一次免費的、高水準的治療。

在這個時代，中日還是很友好的，但這僅僅是一個表像，表像下還有很多複雜的情況，但是學者們不會考慮這麼多。他們是醫生，考慮的是救人，考慮的是學術研究。很多的中日聯誼醫院就是這個時候建立的。

如果這樣的交流多幾次就好了，李傑心想。不過這不太可能，這樣的交流團是比較少的。

經典的胸骨正中切口，一個教科書式的典範切口，龍田正太的刀刃銳利而兇猛，這正表現出了他的性格，柔弱的外表下竟是如此的兇猛。

接下來便是李傑最討厭的了，用電刀來切開胸骨的骨膜，然後分離胸骨。太暴力了！讓人總覺得這有點像電鋸殺人狂，當然，這是一個比較小的「鋸」。

「啊！」不知道是誰，看到開胸骨竟然大驚小怪地尖叫了起來。

李傑回頭一看，叫的人不正是石清麼？這裏可能只有她是第一次看開胸骨吧！

她的身邊還有張璇，這兩個人怎麼會在一塊兒？而且奇怪的是，張璇竟然沒有來纏著自己。莫非轉性了？還是害羞了？

管他為什麼，反正李傑覺得這樣很好，至少她沒來煩自己，這樣很清靜！

李傑繼續專注於觀看手術。這次還是一樣，龍田正太在實際做，而李傑則在心中模擬這次手術。

龍田的手術刀像一把嗜血的手術刀。在手術台上，龍田正太刀鋒銳利，一刀下去毫不留情。

在想像的手術台上，李傑那柄刀則是一把有著靈魂的刀，它隨著李傑的心而變化著，或冰冷、或火熱、或絢爛。

不同的風格，不同的信念，但是追求的卻是一樣的效果。

龍田的手術刀所向披靡，刀刃縱行向下分開心包，然後刀尖反挑，再次向上方切到升主動脈反折處。

助手用撐開器撐開胸骨，血紅的心臟在胸腔中不斷地跳躍。

李傑模擬的手術速度僅僅能夠追上龍田正太。對於他的速度，驚訝的不僅僅是李傑，眾位醫生也在討論龍田正太的技術。

一個二十一歲的青年擁有如此成熟的手術技巧，的確不錯。

在眾人議論紛紛的同時，李傑與王永對望一眼。從對方的眼神中，兩個人看到的都是驚訝。

李傑簡直不能相信，這個龍田正太不過二十一歲，就算他十五歲拿刀，也不過才六年而已，怎麼可能擁有如此高超的技術！

難道這個世界上真有天才？不過李傑更願意相信，這個龍田正太跟自己的相貌相反，自己是有點老的臉，而龍田正太是一個娃娃臉，這個粉嫩的臉隱藏了他的真實年齡。

更可怕的是他們的手術團隊，這讓李傑羨慕，因為這次手術的高效率不僅僅表現在主刀醫生一個人身上。

龍田正太的手法固然嫻熟，臨床經驗也十分豐富，做器械護士的龍田虹野的動作也不錯。她有條不紊，彷彿會讀心術一般，龍田正太需要什麼，他只要伸出手，肯定會遞過來什麼。

李傑越發喜歡貌似蒼井空的龍田虹野了，當然不是男女之間的那種喜歡，而是喜歡這樣的器械護士！

如此好的技術，再加上那麼可愛的面容，在長時間的手術中，這是非常有用的！高效率的工作可以減少手術時間，可愛的面容可以讓李傑感覺不到疲倦！

還有麻醉師以及助手，還有週邊護士與龍田兄妹倆的配合，一切都滴水不漏。沒有多次的術前演練和豐富的臨床手術經驗，他們的這個手術小組是不可能達到這個水準的。

王永在李傑旁邊，也是一副心事重重的樣子。他從來都是很自信的。對於這次手術，王永想得更多的是如何在手術中超越李傑的那次Bentall手術，他並沒有真正覺得這個龍田正太會戰勝他。

但是當他知道龍田選擇了心臟腫瘤手術的事後，就已經感覺到了威脅，當今天真正看到龍田正太的手法時，他已經明顯地感覺到龍田正太那咄咄逼人的氣勢。

不過王永依然不擔心，龍田正太依然欠缺一些東西，但如果給龍田正太三到五年時間，那麼他的手法必定會趕上並且極有可能會超過。日本方面稱呼龍田正太爲「日本新一代的醫學領軍人物」，也還符合實情。

有同種心情的還有王睿，他本來是想找機會跟石清聊天的，但龍田正太的手術讓他再也沒有了這樣的心思。他一直覺得自己眼前只有王永一個目標，可是這個龍田正太讓他知道，除了王永，還有這個日本人。

「看他在做什麼？」一個觀看的醫生禁不住驚呼道。

「他難道是用手指的觸覺來確定腫瘤的範圍？」另一個醫生猜測道。

這不可能，李傑心中驚呼，心臟的腫瘤是很少見的。做醫生這麼多年，李傑還沒碰到過這樣的病人。

他龍田正太憑什麼能做到用手指觸診來確定腫瘤的範圍？要知道，沒有超人的天賦，沒有幾次做心臟手術的經歷，是不可能完成觸診的。

龍田正太熟練地在心包上做了一個縱向切口，並且用手指做了腫瘤的初步探查。

龍田正太此刻閉著眼睛，手指在心臟上小心地移動著，在遠處的人看來，他的手指根本就沒有動。

大約過了兩分鐘左右，龍田正太睜開了眼睛，那細小的眼中閃出一絲不易察覺的光芒。他已經確定心臟腫瘤的範圍，整個腫瘤的立體圖都已經在他腦海中描繪出。

這個時候，李傑的手已經不在扶手上了，他已經停止了對手術的模擬。

他已經不可能繼續下去了，因爲他找不出腫瘤。李傑如果跟龍田正太比這台手術，李傑已經輸了。這是李傑第一次見到可以跟他抗衡的人。

這次算不如他，下一次扳回來。下一次不會有這種情況了！李傑不會再給他機會，下次會擊敗他。

李傑覺得這個龍田似乎是從一出生就開始摸心臟的，這也太假了吧。

李傑心裏開始懷疑這個叫龍田正太的傢伙是不是拿著手術刀出生的，或者他的家族是醫學世家。可能吃飯的時候都用手術刀來切，飯桌上估計討論的也是今天吃的是什麼地方的肌肉！

李傑還記得剛上大學的時候，同學們看到他的實驗操作就是如此形容他的：「他是變態，不跟他比。」如果讓他們看看龍田正太，不知道他們會怎麼說，這才是變態。

「準備體外循環了！」李傑淡淡地說道。

「是啊！精彩的手術！沒有想到他能夠在非體外循環下就找到腫瘤！」王永感歎道。

觀摩的醫生都已經看傻了。

他們一個個在心中感歎，這一代的新人實在是厲害！先是王永這個傢伙在幾年前橫空出世，一舉拿到第一附屬醫院的心胸外科主刀席位！然後又出現了一個才華橫溢的李傑，現在日本方面竟然出現了一個跟李傑一樣厲害的傢伙！

手術過程中，心臟會大面積長時間缺血，因爲要在心臟上作業，還不能灌注大量的心肌保護液。所以，這個手術如何能快速切除腫瘤才是關鍵。如果在開心臟之前就將腫瘤找到，那麼這將節約大量的時間。

僅僅是如此而已麼?李傑心想。他覺得龍田正太如果僅僅靠這一點，還達不到日本頂尖的水準。

心臟局部深降溫！注射心肌保護液！升主動脈內注入冷心臟停搏液！

瘤體的發現是這個手術的第一個難點。第二個難題就是切除，這是一個超高難度的手術。如果切得過多，會傷及健康的心肌，同時會減小心臟的容積。如果切得少，又可能切除不淨，還會復發！同時，下刀一定要準確，一定要迅捷。心臟手術時間就是生命，心臟缺血時間每多一秒鐘就增加一分危險。

龍田正太停止了手術動作，挺直身體，護士則趁著這個時候給他擦汗。就在他停止手術的一刻，病人心臟的情況清晰地展現在眾人面前。

「不可能!竟然是隱性的左心室腫瘤！」王永驚呼道。

觀摩室再度議論紛紛，這不是一例普通的心室瘤，而是發生機率只有萬分之一的隱性室壁瘤。

李傑倒抽一口涼氣，龍田正太果然名不虛傳！

李傑覺得就憑著他這個隱性瘤的探查技術就足以傲視群雄!由於隱性室壁瘤的發生機率非常之小，目前可以得到的手術資料就很稀少，這也就是說龍田正太剛剛用手探查腫瘤並非靠的是經驗！

難道他真是一個天才？

第七劑

稀缺血型的驚險手術

「換人，去取血液！」

「血已經沒有了！」護士哭著說道。

「開什麼玩笑？他又不是稀缺血型，沒有就再去抽，醫院很多醫生都能提供！」

「不！他是AB型，而且是Rh陰性AB型血！」護士聲音已經有些嘶啞。

李傑冷冷地看了一眼這個護士，他沒有心情責罵這個傢伙了。

這個孩子的身上不知道有什麼隱秘的故事，

這個護士說不定是被人收買，故意弄錯了血型。

因為根據資料，他的父親楊威是O型血，不可能生出一個AB型的孩子！

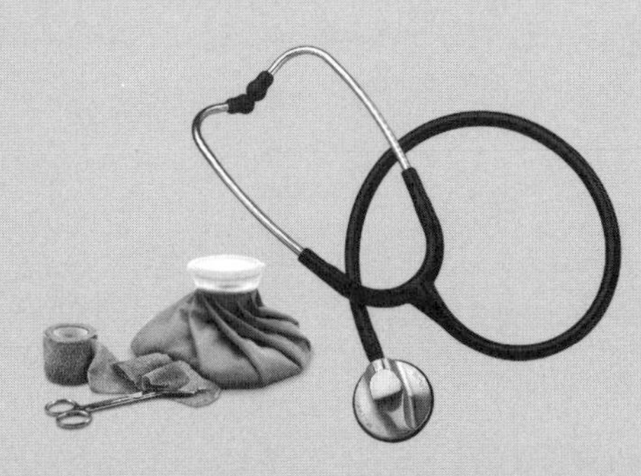

李傑的雙手緊緊抓著鋼質扶手，無論是從前的李文育還是現在的李傑，都沒有遇到過這麼厲害的傢伙！

從手術難度來看，與其他心臟手術相比，心臟腫瘤在左心室尖部，埋藏得很深，這個位置有一個好處就是距離大血管比較遠！不用擔心傷害到大血管。但也有個缺點，腫瘤不容易切除，患者畢竟還是個活人，不可能把心臟切開將心腔內心肌翻過來看看！如果這個醫生把心臟拿出來這麼看的話，那麼這個醫生一定是個正在做屍檢的法醫。

到此時，龍田正太的手術刀一改凌厲的刀勢，變得緩和平穩。他的動作輕柔如羽，每一次彷彿都像在呵護嬰兒一般。

下刀的精確完全避開了不必要的損傷，而他另一隻手那溫柔的動作也沒有對心臟的信號傳導束造成任何損害。

李傑看到這裏，已經對龍田正太的實力有了一個完整的認識。他伸了一下懶腰，打了個哈欠轉身要走。

「不看了麼？」王永問道。

「沒什麼好看的，剩下的不過是縫合，我猜他採取墊片加上混針縫合！」李傑打著哈哈道。說完，他便離開了！

真是不謙虛！這是在座大多數人對他的想法。他們在得知這是個隱性腫瘤的時候，心中已經隱約承認了龍田日本新一代第一的地位，同時也隱隱覺得李傑在這方面技術不如他！

大約兩分鐘以後，當人們看到龍田正太用墊片採取混針縫合時，卻又都閉上了嘴巴！

這個時候，李傑正吹著口哨走出手術室。

以德服人，是李傑的一貫策略；以智整人是李傑的一向做法。

右翼分子小龍田現在成了李傑的心病，日本新一代中最強的醫生啊！這個稱號讓李傑羨慕了好久。他是日本最強，那麼我就是「世界上最強的醫生」！這個是李傑心裏嘀咕時給自己加的封號。

龍田正太年紀輕輕就有這麼好的手術技術，的確讓人欽佩，可惜是一個日本人。當然，國籍沒有什麼不妥，如果是一個親華的日本人也就算了，可他竟然還是一個被右翼分子洗過腦的青年。這是一個法制社會，不是那個俠客橫行的年代，否則李傑必然拿著手術刀去逼這個小龍田來當苦力醫生。

李傑其實並不懼怕龍田，他手術的確精彩，但能給李傑震撼的僅僅是開始時對心臟腫瘤的觸診，李傑到現在也不明白他是如何分辨這個範圍的，但在後來，他的技術在李傑看來只能算是一流，卻達不到頂尖。這也是他提前離開的原因，後續已經沒有什麼好看的了。

如果真跟龍田比較的話，李傑覺得自己還是要比他強不少。論天賦，也許自己差點，但是這個世界不能確定的太多了，他也見過很多比自己天賦好的，但沒有一個能達到與天賦相符的成就。李傑在想一個對付龍田正太的方法。

龍田做手術的時候，李傑一直在觀看，同時也一直在注意王永，發現他的臉色一直都不好。李傑覺得龍田的確厲害，但是比王永還是差一點，王永給自己的壓力太大了。王永的壓力更多的地方是來自醫院這一方面。醫院經過討論，王永的手術推遲到一個禮拜以後進行。這是給王永更多的準備時間，也是巨大的壓力！

這本來是一場中日很平常的醫學交流，但是這幾年卻漸漸變成了手術技術的比拚，而且雙方都很重視輸贏。

李傑伸了伸懶腰。一個禮拜的準備時間太多了，李傑想抽個時間給那個小病人做手術。可是這個楊威就是不出現，李傑又等了兩天，他依然沒有消息。如果不知道他是一個有地位有錢的人，估計已經報警了，因爲醫院經常出現將孩子扔掉不管的事情。這真是讓人煩心！

「這個孩子姓楊，只有你一個人知道。」大概是這麼說的吧，李傑回想起楊威對他說的這句話。鬼知道這個孩子是怎麼回事，李傑不想知道，也不願意知道，所以他也不去找，除非孩子症狀發生變化。

「李傑君，我找了你好久啊！」

李傑一看，這不是龍田正太麼，他脫掉手術衣又恢復到了那個猥瑣的樣子。很奇怪，李傑沒有看到與他形影不離的可愛妹妹龍田虹野。

「找我幹什麼？你妹妹呢？不是應該跟你形影不離的麼？」李傑疑問道。

「她在給你們兩個醫院的護士講課。」

李傑想起來了，那天他看到龍田虹野跟石清和張璇在一塊兒。難道這兩個女人想學習當器械護士？她們兩個又怎麼走一塊兒去了，女人實在是奇怪的動物！

「你是不是很無聊，想讓我帶你出去轉轉啊！我在上班，沒有時間！」李傑搖手道。用普通的小辦法來修理這個龍田已經沒有作用了，李傑整了他幾天，對他說教無數，無奈他右翼思想中毒太深，改變不了。這個傢伙本性又不錯，不能眼看著這個「好孩子」讓日本軍國主義思想毒害！李傑必須想出一個好辦法來一勞永逸，讓這個右翼分子變成中立人士。

「我聽說你有一個小患者，心臟的疾病！能讓我去看看麼？」龍田正太興奮道。

李傑不知道龍田正太是有意的還是無意的，他這樣對李傑來說是很不尊敬的。

現在的儀器只能診斷出大型室間隔缺損伴肺動脈高壓和不完全法洛四聯症兩種情況。李傑心想，除非龍田正太是透視眼，否則他絕對不可能確診。

李傑想教訓一下這個囂張的龍田，但是他立刻改變了主意。他覺得這或許是一個機會，把他變成中立人士的機會。

「來吧！」李傑說著，帶著龍田正太去看那個小病人。

病房裏，李傑的助手王睿正在給這個孩子做例行檢查，他看到李傑來了，便摘下了聽診器說道：「情況不是很好，現在的治療不能改善他的狀況，必須儘快手術了！」

「哦？看來我們的方法不行，這麼一陣就變成這樣了，病情似乎比想像的嚴重。」

龍田正太沒聽兩個人的談話，他直接去對這個小病人進行檢查，然後又看了各種影像學的檢查資料。王睿只見過穿手術衣時的那個冷酷的龍田正太，他怎麼也想不到那個醫術精湛出刀兇狠的龍田醫生會是這般猥瑣不堪，他還以為他是社會上的小偷或不良分子，於是厲聲喝道：「你是幹什麼的？出去！」

「他是日本交流團的龍田正太，也就是上次觀摩手術的那個主刀醫生！」李傑的介紹讓王睿目瞪口呆，反差實在太大了。

龍田也不說話，此刻他已經進入狀態，一步步仔細檢查病人。同李傑跟王永一樣，他做完了各種檢查後，陷入了沉思。

「他能看出來？」王睿一臉的不信，本來他還挺佩服龍田正太的手術技術，可是看到他這猥瑣的形象，他覺得這個傢伙也沒有那麼厲害。

「我覺得肯定看不出來……」李傑笑道。倒不是李傑看扁他，以現在這個時代的儀器，確診是不可能的，而且這小子也不能在他身上做藥物實驗。

「既然他看不出來，那爲什麼還讓他來做檢查？」王睿疑問道。當他看到李傑笑而不答，就更加迷惑了。他心想，這個李傑還真是讓人看不懂。

「很難的手術啊！」龍田正太感歎道。李傑一愣，這個小子難道看出病症了？

龍田正太轉過身對李傑說道：「這個病人心臟不確定性太多了，而且孩子還小，手術是很困難的！如果李傑君需要幫助，我可以請求我的老師來幫忙做手術！如果不出意外，手術的成功率會超過百分之八十。」

「不用了，這個手術我是可以做的！」李傑傲然道。

龍田正太聽了李傑的話後，先是驚訝，接著又是一臉的懷疑。他說道：「你不能拿病人的命來開玩笑！你是不可能完成這個手術的！」

「你放心吧！我的手術還沒有失敗過！」李傑說的是實情，他的確沒有做過失敗的手術。不過這話讓龍田正太聽了，就是覺得李傑根本沒有什麼底子。手術做得少，當然失敗機率就小，或者手術的難度小，也是基本上不會失敗。

王睿不懂日語，在一邊聽得一頭霧水，但是爲了面子，他又不好意思問，於是裝出一臉自己能聽得懂的表情，到了兩個人爭吵的激烈時刻，還時不時點頭。

「王睿啊，準備手術吧！我去聯繫病人的親屬。」李傑看到王睿的樣子，想笑，卻又忍住了，於是趕緊打發他走，這種忍耐的感覺太難受了。

「你不能因爲自己的固執而不顧病人的生命！」龍田正太怒道。

看著臉紅脖子粗的龍田，李傑覺得，作爲一個醫生，他是一個很不錯的人，對病人的確是很負責的，但可惜是一個偏向右翼的分子。

「你不能總是以你的程度來衡量別人，你不能做這個手術。不代表我不能做！你明白麼？你雖然被稱爲新一代中最強的醫生！但那是在日本，不是在這裏！這裏是中國！」李傑冷冷說道。

龍田聽到李傑的話一愣，心中轉念一想，果然如此，憑什麼自己不能做，就認爲李傑也不能做？中國有一句成語「臥虎藏龍」，他還是知道這個的！

「你不相信麼？這樣如何，我來打個賭，一個男子漢的賭注！」李傑不給龍田思考的時間，伸出一個手指說道。

龍天正太從小到大，早就習慣了高高在上的態度，從來沒有被人瞧不起過。就在他看到李傑做過Bentall手術的記錄後，他心中都不願意承認這個人這方面比自己強。

「好吧，我接受你的挑戰！」驕傲讓龍田接受了這個賭約。

「我們的賭約是男子漢的協定！賭的就是承諾！我贏了你要答應我的條件，留在中國，做兩百個以上的手術！怎麼樣？」李傑一改往日的嬉皮笑臉，嚴肅道。

「好！我贏了跟你一樣的要求，但是要你去日本！」龍田正太說道。其實他想不出如果贏了要求點什麼，他讓李傑去日本不過是照搬李傑的賭注而已。

李傑所謂的二百個手術的賭注不過是一個幌子而已，李傑賭的是改變他的心態，賭的是自己能夠成功完成這個超高難度的手術。

龍田正太的性格，李傑已經摸得很清楚，他有很多方面跟馮有爲差不多，就是不能接受失敗！一個從小就被稱爲天才的人，基本上都有這個毛病。

李傑如果贏了，同時龍田也遵守承諾，那他將造福兩百個病人，這段時間，李傑也可以讓他知道，什麼叫做真正的歷史！如果他不遵守承諾，逃回日本，那麼這就是他的一個心病，一個永遠留在心中的失敗的陰影。

驕傲的天才，通常都是脆弱的！失敗與逃跑的陰影將在他的心中留一輩子。李傑不能肯定，但是有很大的把握確定，如果這樣的話，這個陰影將是龍田正太未來在醫學路上一個不可逾越的障礙！

龍田正太對自己從來也沒有過任何的懷疑，不過，這次他有些不放心，因爲整個勝負取決於李傑的手術，而不是他龍田正太的手術！

他雖然認定了李傑不可能成功做這次手術，但是卻總是放不下心，晚上睡覺的時候都在想這事情！於是，在定下賭約的第二天，他便偷偷地跑到醫院，打算探一下路，看看李傑到底在做什麼。

診斷室的門是開著的，在門口就能看見李傑身穿白大褂坐在辦公室，不過他不是在忙工作，屋子裏還有一個可愛的女孩，不正是自己的妹妹龍田虹野麼！

「按著這個注音來讀吧！」李傑說著，將寫好的日文加好了注音遞給龍田虹野。

龍田虹野微笑著說謝謝，雙手接過，然後用日文和中文讀道：「不要！」

「沒錯沒錯，就是這樣！音發得很正確！」李傑壞笑道。這個時刻，他覺得自己對面坐著的不是龍田虹野，而是日本女優蒼井空。

「我怎麼覺得這麼奇怪？」龍田虹野問道。

「沒有，沒有，很正常麼！再教你一個，主人！」李傑邪惡地說道。

「主人。」龍田虹野又用日文和中文跟著讀。

李傑一邊聽著一邊幻想著龍田虹野穿女僕衣服的樣子，對自己說主人，想得他口水都要流出來了。不過，李傑眼角的餘光卻一直沒有離開門口，他早發現龍田躲在那裏，所以讓他妹妹說這些話。

辦公室裏，李傑一隻手支撐著腦袋，正在閉著眼睛打盹。他實在太累了，那個急診病人讓李傑忙了半個晚上。

可惡的急診科醫生們硬是把這個病人推給了李傑，誰讓他多管閒事要救這個人呢？那群可惡的老傢伙，以鍛鍊李傑的名義讓他負責到底，然後全都跑回家睡覺了。

就在李傑夢中馬上就飛升上天接受仙人周公的教誨時，他的助手王睿此刻變成了美夢殺手，要殺掉李傑的美夢。

「起來了！起來了！準備手術了！」王睿吼叫道。

李傑睜開眼睛看了他一眼，又閉上眼睛換個更舒服的姿勢繼續睡覺。王睿看到李傑竟然無視他，於是加大音量繼續吼叫。

「大哥！我服了你，要幹什麼啊？」

「病人家屬來了，說要見你，別人都不行。」

李傑立刻來了精神，這個人不用說就是楊威，他可終於來了，打了幾次電話了，可是他就不露面，好像這個孩子不是他的親生兒子一樣！

楊威這次是自己來的，一個助手也沒有。他還是那身打扮，西服與墨鏡，好像駭客帝國裏的傢伙一樣。

「楊總，可算見到你了，要不然我都要瘋掉了！」李傑笑道。

楊威知道李傑的話是諷刺他丟下兒子不管。不過，他有自己的苦衷，又不能對李傑說，於是裝作沒有聽見。

「好了，手術什麼時候能進行？」

「病人身體狀況緊急，最近兩天吧！你還要重新簽一個協議，他並不是單純的室間隔缺損。現在手術充滿了變數，危險性更高！」

「那就靠你了！我完全信任你！」楊威拍著李傑的肩膀說道。然後遞給李傑一個紅包，繼續說道：「這個你收下，不要拒絕！」

楊威說完，也不去看自己的兒子，竟然轉身就走了！

又是紅包，李傑搖了搖頭。這個紅包很薄很輕，李傑打開一看，是一張支票，上面是一個一後面跟了五個○。

一下就是十萬，出手真是大方，不愧是有錢人，李傑苦笑了一下，心想，如果給現金還好，可以直接打到醫藥費裏。

這個支票，先收下吧！手術完了，退給他。如果現在退給他，也許他在手術成功之前，都無法安心睡覺了。李傑琢磨了一下，決定這件事就這樣處理。

可憐的小孩子，有一個有錢的老爸，卻沒有一個能把時間分享給你的人！李傑感歎道。

這個孩子從進入醫院到現在，李傑還沒有看到過他的母親，而他的父親也不過是出現了兩次，而且從來沒有抱過他。

如果失敗了，會怎麼樣？李傑拿著十萬元的支票心想。他不相信楊威只是認識魯奇的白道身分，他跟魯奇肯定有著千絲萬縷的聯繫，否則他這個鑫龍集團的董事長可是白當了。他李傑如果手術失敗，就是間接殺掉了人家的寶貝兒子，不知道會有什麼樣的後果。

這是一個很重要的手術，失敗了會有很嚴重的後果！如果成功了卻什麼也得不到。唯一的一個賭注卻跟李傑自己的利益沒有多大的關係！

在中華醫科研修院第一附屬醫院洗手室裏，李傑做完了最後的消毒工作，雙手合十走到手術室。大家現在的注意力都集中在下一場王永會用一個什麼手術來展現出他的強大實力上。

李傑的這個手術就沒有多少人關注了，不過，他依然選擇了觀摩手術室，因爲這裏的設備是最新最好的。

綠色的手術衣將李傑健美的身體覆蓋住，頭上的帽子與口罩將李傑遮蔽得只剩下一雙銳利的眼睛。

作爲助手的王睿站在李傑的對面，他同王永一樣，在給李傑做助手的時候，會感覺到那是一種蛻變。上了手術台的李傑，從一個嬉皮笑臉近乎無賴的傢伙蛻變成了一個眼光銳利、在手術台上無所不能的醫生。

李傑伸出右手接過器械護士遞過來的手術刀，那種熟悉的感覺再次傳遍了全身。

一歲半的男嬰，因爲心臟病的原因發育得並不好。他矮小瘦弱，身體虛弱，手術刀在他的身體上似乎都嫌大了一些。

手術刀在李傑的手中如有生命一般，在病人胸部劃出一個小小的缺口，看起來就似一個探查用的切口，而不是手術用的。

「是不是小了點！」王睿也覺得這個口小了！他這是第一次看李傑手術，所以不知道就李傑的技術而言，開口小對手術並不會有很大的影響。

李傑並不搭話，而是繼續著他近乎完美的操作，用電刀打開病人脆弱的胸骨，然後拖刀縱行，向下切開心包後，再反挑上達升主動脈反折部，切口下段向兩側各切一側口以利顯露。

李傑沒有直接動病人的心臟，而是將心包切緣縫合於雙側胸骨外，最後用撐開器撐開胸骨。

現在到了揭曉謎底的時候了！這個孩子到底是大型室間隔缺損伴肺動脈高壓，還是不完全的法洛四聯症或者是其他？

李傑在此刻停止了動作，現在該做體外循環插管，他沒有插手，助手王睿就可以很好地完成。

李傑在考慮！兩種可能的症狀都有各自最佳的心臟切口位置，到底要選哪一個成了他最大的難題！

時間一秒一秒流逝著，王睿的體外循環馬上就要完成了，但是李傑依然沒有做出自己的決定。

手術室的觀摩台上，一直都有一個身影。李傑沒有看清，他以爲那是龍田正太，因爲這個手術應該只有他一個人關注。

但是這個時候，李傑眼角的餘光看到觀摩台上不僅僅是一個人。他現在看到了兩個白大褂，一個矮小瘦弱的是龍田正太，另一個矮胖的竟是王永！

難道王永也在關注自己麼？不管是誰，不管發生什麼，都要做下去，做成功這個手術！

王睿做完體外循環以後，等了一下，李傑沒有反應，他似乎變成了雕像一般，拿著手術刀一動也不動。

王睿剛想提醒李傑的時候，李傑卻恢復了正常！在李傑從發愣中清醒過後，那柄手術刀立刻再次充滿了能量，彷彿在散發著絢爛的光彩一般。

「右心室的切口！他瘋了麼？」王睿心中驚呼，那絢爛的手術刀竟然選擇了右心室切口。他無法相信李傑竟然敢在一個嬰兒的脆弱心臟上做這樣的切口。

那柔弱的小桃子一般的心臟，那手術刀如何能夠躲避右室上面豐富的動脈與神經束？王睿覺得李傑的刀不是在切手術台上的患者，而是在自己的心臟上面遊走，一不小心，自己的心臟就可能爆掉。

「需要手術放大鏡麼？」王睿提醒道，他有點受不了這樣的刺激了。

李傑還是不說話，那柄手術刀彷彿被他賜予了靈魂。那小小的柔弱的心臟被他一點點地破開，而冠狀動脈及其分支以及心臟的神經傳導束一點也沒有被損壞。

王睿覺得自己都不敢呼吸，生怕影響了李傑，萬一他手一抖，那刀刃可就碰到了血管或神經傳導束。這樣的話，手術可就出大麻煩了。心臟雖小卻是各種組織齊備，相互之間距離甚近，一個不小心就會受到巨大的損傷！

沒有放大鏡，僅僅憑藉眼睛，手術刀的誤差小於一毫米，這是什麼樣的技術！王睿感歎道，他的雙眼是人類的眼睛麼？

觀摩台上的兩個人也看傻了眼，就像李傑跟王永第一次看到龍田正太用手指確定隱性動脈瘤一般的驚訝！

完美的心臟切口，沒有絲毫的多餘損傷，用牽引線和拉鉤輕柔拉開心壁切口，仔細尋找缺損部位，這簡直是非人類能完成的任務啊！

這一刻，大家都神經緊繃，心臟太小了，開口也太小了，如果找不到室間隔缺口的位置，就不能確定肺動脈瓣是否狹窄。

「麻醉師擴肺！」李傑命令道。

「麻醉師擴肺！」李傑再次提高聲音，麻醉師才明白過來。

「真是聰明的傢伙！」王永自言自語道。此刻他覺得有些氣悶，李傑比他想像的更強。看到這裏，他已經覺得，就算自己去，也不一定比這做得更好。

李傑做了Bentall手術，如果他自己做一個動脈瘤切除術，可以將李傑比下去。那麼這次李傑做了這個手術，自己需要做什麼？他不敢想了。

「李傑的天賦的確無人可比！」王永順著聲音回頭一看，竟然是院長。他不知道什麼時候竟然也來觀看手術，一向挑剔的院長也會如此誇獎人！李傑的這個方法讓王永也承認，很有創意，也是很實用的方法，得到讚賞是應該的！可是王永的心情卻陷入了最低谷。

他讓病人肺部充氣擴張，將肺內血擠壓出去，順著大血管進入左心室，再從缺損口湧入右室，從而方便發現缺損。

「週邊護士去提取備用的血液！」李傑命令道。李傑的用血流來探查缺口的舉動讓這個孩子損失了很多的血液，可這次手術準備的血液量並不夠，手術難度要比想像的還要高，這讓李傑有些措手不及。在手術開始的時候，他還有一絲雜念，此刻他已經完全進入了狀態，只有集中精力才能將手術做成功。

「快去！」李傑怒道。今天的手術團隊他很不滿意，麻醉師需要自己喊兩聲才反應過來，自己還叫不動護士！

李傑剛剛怒吼完，週邊護士卻「哇」的一聲哭了，這下倒是李傑懵了，這是怎麼回事？不僅僅是李傑，所有人都愣住了。這是怎麼了？這個護士是不是有什麼毛病？

「換人，去取血液！」李傑沒有時間去瞭解這個護士到底為什麼哭，手術台上的時間就是生命。

「不行！不用去了，血已經沒有了！」護士哭著說道。

「開什麼玩笑？他又不是稀缺血型，沒有就再去抽，醫院很多醫生都能提供！」

「不！他是AB型，而且是Rh陰性AB型血！」護士聲音已經有些嘶啞。

這種血型在漢族人中的比例不到萬分之三的機率！在這個沒有建立電子檔案的時代，不可能這麼快找到供血人！

醫院一般情況下不會出現把孩子血型搞錯的事情。

這個孩子卻急需找到相匹配的血！

李傑冷冷地看了一眼這個護士，他沒有心情責罵這個傢伙了。這個孩子的身上不知道有什麼隱秘的故事，這個護士說不定是被人收買，故意弄錯了血型。

因爲根據資料，他的父親楊威是O型血，不可能生出一個AB型的孩子！

「換一個護士！手術繼續！」李傑說道。

「不，手術應該停止，我們沒有血源了，如果手術中出現一丁點意外，那麼這個孩子就死定了！」王睿勸阻說。

「繼續手術！」李傑說道。

他的頑固讓人氣惱，但是沒有人能反對他，手術台上主刀就是權威，不容置疑的權威。

麻醉師的藥物讓病人的肺充氣擴張，毛細血管中的血液被擠出來，順著大血管進入左心室，再從缺損口湧入右室。因爲血液的流動，室間隔的缺口位置變得一目了然，李傑立刻發現了缺口，同時，他還發現了自己的錯誤！

因爲心臟體積過於狹小，這讓他產生了錯誤的判斷，病人既不是大型室間隔缺損伴肺動脈高壓，也不是不完全的法洛四聯症。

他的心臟的真正病情是右心室的雙出口，這個疾病的機率太小了，以至於讓人忽略了這點。

觀摩台的醫生不知道什麼時候變得越來越多，不知道是誰將李傑手術的消息傳到了整個醫院，不單單是本院的醫生，就連日本交流團的人也來了大部分。

「院長希望你停止手術，爲這個孩子著想！」一個新來的護士對李傑悄悄說道，然而李傑卻沒有絲毫的反應。

爲這個孩子著想，就不能停止手術，他覺得必須將手術做下去，儘管這是一個超級難度的手術。

如果終止手術，意味著李傑和醫院可以推卸責任，但是這是一個活生生的人，一個鮮活的生命如何能夠放棄挽救？

李傑做不到，也不會這麼做。這樣的情況是他第一次遇到，上手術台這麼多年，第一次不能保證可以完成這次手術。

李傑直起腰，讓護士擦了擦汗水，深吸了一口氣。

此刻唯一的方法似乎就是心室內隧道修補，使室間隔缺損連接主動脈，閉合肺動脈開口，用帶瓣心外導管建立右室與肺動脈通路。

「太冒險了，幾乎沒有機會成功，這個孩子無法承受這樣的手術，現在還沒有血液補充。他不可能保證這個孩子不出血！」一個日本醫生搖頭道。

「不一定。李傑總是在創造著奇蹟，我們每一次都覺得他的手術要失敗了，但是每一次我們都會看到他最後是成功！」另一個中國醫生用日語得意地說道。

兩個醫生這樣隨意的談話，卻在龍田的內心掀起驚濤駭浪。李傑這樣的一個人竟然會這麼厲害麼？他能夠創造奇蹟麼？

他就在剛才還已經覺得自己贏定了，但聽到別人的議論卻又覺得自己似乎不一定贏。就這樣，龍田的心在患得患失中沉沉浮浮。

這樣的手術，做心內隧道的修補是最好的辦法了，但是這個孩子還小，如果加入了人工的心外導管，隨著年齡的增長，他難道還要再開刀換導管麼？

這個孩子或許根本就不是楊威的孩子，李傑心想，不知道這些有錢人有一些什麼樣的恩怨，他也不想考慮這些人有什麼樣的故事。手術台上，無論帝王乞丐都是患者！醫生的職責就是挽救患者。

手術刀再次深入心臟，賦予靈魂的利刃，在心室中每次移動，都牽動著人們的心。

「他在做什麼？不是應該做心外導管的通路麼？」院長問道。剛才李傑拒絕停止手術，他差點氣瘋了，這裏除了李傑，只有他知道這個孩子來歷不一般，如果死了，麻煩可大了！

「不！他可能是要將室間隔的位置移動，重建左右心室！如果是我，我也會這麼做！這位醫生的技術讓人佩服！」說話的正是日本交流團的領軍人，要說龍田正太是新一代的第一，而這位則基本可算日本最好的醫生，是日本頂尖的心胸外科專家。

院長聽到日本人對李傑的誇獎，很是受用，但卻怎麼也高興不起來，他只能祈禱這個孩子不要死！

第八劑

災區的拚命醫生

「請問，您有孩子麼？他在哪裏呢？」記者因為在她身後，顯然沒有注意到她的變化。

「我不知道，昨天他早早上學去了，然後就地震了。我不知道……」護士此刻再也忍不住淚水奔湧，放聲大哭。

親歷現場以後的李傑變得有點麻木，他忘記了自己已經一天半沒吃到東西，

忘了旅途中的疲憊，就只想多盡一份力。

他跟所有的人一樣，為這個災難心痛，一直在忍耐著不哭泣。

然而，在這位偉大的護士面前，他的眼淚禁不住順著臉頰流了下來。

母親是偉大的，為了兒女，她可以犧牲一切。

這位已經做了母親的護士是更加偉大的，為了救護傷者，

她顧不上自己的孩子，一直堅守在崗位上……

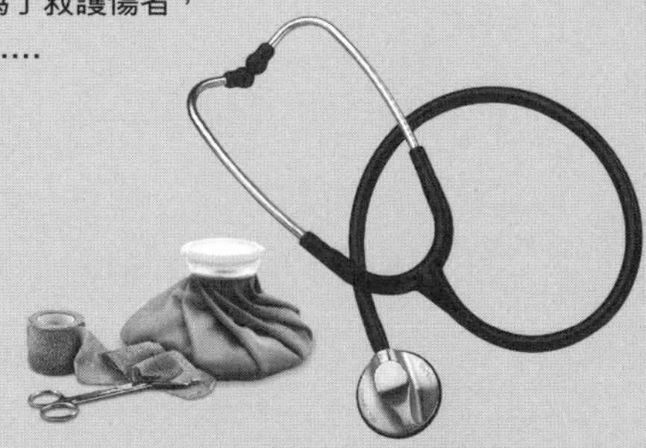

每次手術都能看到更強的李傑，每次都會讓人們覺得他似乎有著無窮的魔力！

王永在看到李傑竟然真的做到了室間隔的位置移動，將錯誤連接在右心室的主動脈重新連接到左心室後，他再也想不出自己能做什麼來超越他！他的心在沉淪，一點一點地沉下去！

李傑的刀一丁點的抖動也沒有，刀下是幾乎沒有誤差的完美軌跡，病人雖然沒有了補充的血液，但是他卻根本不會讓病人多損失一點的血！

充滿驚險的切割後，就是關鍵的縫合。在那小小的心臟中要縫合幾百針，每一針的失誤可能都是致命的。李傑其實也是很緊張的，這一個小小的心臟需要密集的百針不但要精細，而且要快，因爲心臟缺血時間不能長。

他其實有時候覺得自己不是在當醫生，而是在當一個賭徒，賭的就是命運與前途，贏了成爲更加出名的醫生，輸了，也許下輩子都沒有上手術台的機會了。

李傑或許是受到了神的偏愛，他總是會贏，這次也贏了！真的贏了！沒有造成大出血，縫合得很完美，缺損部位也補好了，室間隔做了小小的移動，現在患者的心臟已經沒有問題了。

在他將胸腔關閉後，站在觀摩台上的醫生不約而同集體起立鼓掌，手術室內雖然聽不到他們的聲音，但李傑能感受到他們的祝賀。

成功了，他終於成功了！此刻，李傑才覺得自己已經恢復到了來這個世界前的水準，而且在某些方面又進了一步！

他低頭看了一眼依然處於深度麻醉中的病人，自己成功地救活了這個孩子的命，卻拯救不了他坎坷的命運！

手術室外一片冷清，沒有一個家屬在這裏等待！

人生就是不斷面對岔路，然後不斷地進行選擇。這樣重大的選擇，這四個小時的手術使李傑疲憊極了。厚厚的口罩幾乎要將他悶死了，他現在想做的就是脫掉厚厚的手術衣，回去洗個澡睡一覺！

「李醫生，手術怎麼樣？」李傑剛剛脫去手術衣，就聽到有人問他，回頭一看，這不是那個楊威的助手麼！

「很成功，我希望能見一見你們老總楊威！」李傑說道。他就算不說這個血型的問題，也要將他的十萬元支票還給他。

楊威的助手說了一句「跟我來」後，快步走出醫院。

楊威就在醫院門口的一輛小汽車裏。

「手術很成功，孩子很健康！」李傑說道。他看得出，楊威很關心這個孩子。李傑心想，如果他真愛這個孩子，他爲什麼不去親自看看，去將自己的父愛表達出來？

「那就好！另外，我想知道，什麼時候能夠出院？」

「一個月吧！孩子需要靜養！」

「手術中出現了意外吧！我聽說孩子血液有問題！」楊威冷冷道。

「他是AB型血，你是O型血，你的孩子不可能是AB！」李傑說。他考慮過，讓楊威知道這些其實有些殘忍。他看得出楊威很喜歡這個孩子，可是不告訴他就是欺騙了他，如果告訴了他，實在又太殘忍了，對於他，對於這個孩子！

楊威很冷靜，並沒像李傑想像中的那樣變得狂躁。可是李傑能看出來，他很悲傷，這是一種深深的悲傷。

愛錯了人，信錯了人！

「這個你拿著，回去吧！希望你能永遠地保守秘密，不能再多讓一個人知道！孩子能出院的時候，我會來接他！」

如果手術中不出現這個血液不足的問題，或許對所有人都是最好的選擇，這對「父子」

或許會幸福。

「楊總，我不能拿你的錢，希望你能好好對待這個孩子。還有，這個錢也還給你！」李傑說著，將支票遞給楊威。

「算了，這筆錢我不給你。但是這個支票你留下！小王，送他回去！」楊威擺手說道，也不等李傑再說什麼，那個叫小王的助手直接將李傑「請」出了車。

又是封口費麼？李傑搖了搖頭，看著楊威的車飛馳而去。他打算回醫院去拿點東西回家，卻看到了王永，李傑想跟他打招呼，卻發現他有點不對勁，看上去有點失落，有點頹廢，那是一種難以比喻的感覺。

李傑突然意識到自己可能錯了！這個手術時間錯了！是自己的任性錯了，自己想要跟龍田正太比試，卻選錯了時間，忽略了王永的感受。這次手術已經不僅僅是室間隔的手術了！現在手術難度已經提升了不止一倍，同時還有日本交流團的因數在影響人們的感受！如果自己越俎代庖地戰勝了龍田，王永又該處於何種位置？

如果手術成功了，那麼，龍田正太可能會按照自己的約定來做，但王永怎麼辦？自己已經將他的風頭搶走了，這次他還可能原諒自己麼？

可是，李傑只考慮了這個孩子的病情，考慮到了與龍田正太的賭約，卻忘記了其他。

李傑呆呆地站在醫院的大門口，一時之間滿是悔恨！

此時，龍田正太的心亂極了，他不敢相信李傑所做的那一切竟然是真的。一個白癡一樣的傢伙，竟然有著近乎完美的手術技術！

李傑的針灸麻醉讓他震驚，同時他的心臟腫瘤手術也讓李傑無法想像。在這一輪交鋒中，兩個人看起來是平手，但龍田略佔優勢。可是，龍田正太絲毫感覺不到這個優勢。

現在，與李傑打賭，他又輸了。按賭約，他得在中國完成兩百台手術，看上去，這不過是一個很簡單的數字，但是這兩百台手術最少也要兩年的時間才能完成。

早晨的陽光穿過厚厚的窗簾，直射入昏暗的屋子裏，坐在寫字台前的龍田正太感覺有些刺眼，他那疲憊的雙眼滿是血絲。昨天的一整夜，他沒有睡，他睡不著，就這樣坐了一夜，想了一夜的手術。

現在，沒有那充滿創意的帕格尼尼小提琴樂曲的伴奏，同時他心中也沒有了那種絕對的信心。

滴滴滴！

是急診的呼叫麼？隨後，李傑發現不僅僅是自己，很多剛剛走出醫院大門的下班醫生都聽到了這個訊號！

醫生的職業素養讓他們不假思索就直接跑回醫院！

醫院會議室裏，幾乎所有的醫生和護士都集中在這裏，偌大的會議室也顯得擁擠不堪！

「現在是國家需要你們的時候，希望你們能夠站出來！作爲醫療工作者，我們需要戰鬥在第一線！」院長先是做一番動員，然後接著說道：「C市遭遇了百年不遇的地震，除了醫療技術，我們還要讓百姓們看到我們的醫德……」

院長的動員讓一些人眼中出現狂熱的光芒，也讓少數一些人悄悄地退縮。

「院長，記下我的名字！」

院長還沒說這次任務計畫，竟然就有人報名了。大家一看，舉手的竟然是李傑！這個剛剛用手術震撼了全醫院的李傑。

李傑此刻是在自責，他甚至過激地認爲，是因爲他的任性而傷害了一直在關照他的王永。

石清看著舉著手的李傑，她多少能明白一點李傑的心。

「還有我！」石清舉手說道。

李傑心想，手術論輸贏的本身就是一種錯誤。從一開始，這就是個迷失了方向，然後在錯誤的路上越走越遠的問題。治病救人就應該是純粹的，是應該沒有任何功利性的，整個交流團的技術比拚能夠促進技術的發展，但醫術應該是純粹的，帶上了功利性，早晚會出現問題。

有了錯誤就要改正，李傑覺得自己只能選擇離開！趁救助地震者的機會離開！至於龍田正太是否遵守約定，就要看他自己了。

「李傑，你還是一個實習生，並不算醫院的在職醫生，還有，石清也不是在職醫生！你們可以不去的！」院長勸說道。他因爲這次的手術，很是看好李傑的前程！這是一個費力不討好的工作，出於對李傑的保護，他不想讓他去。

「爲國家盡力是我們的職責，災區群眾需要我們，我們就應該出現！」李傑的話感染了在場的所有醫生，這些人都經歷過那紅色的年代，熱血的年代，此刻，那塵封在心中多年的激情再次迸發。

李傑離開的原因一部分是爲避開王永，因爲自己無意間對他第一附屬醫院心胸外科主刀的位置構成了威脅，他得儘量挽回影響。還有就是，他不想摻和在楊威父子中間。他只把那個護士可能被收買的問題告訴了院長，院長自然會處理。再說，地震是一個巨大的災難，作爲一個醫生，作爲一個公民，李傑沒有理由不參加這個救災的工作。

「好了！災情嚴重，今天晚上就要出發！大家自願報名，我們醫院這次有十五個名額，希望黨員能先站出來……」院長繼續說。他本來以爲這事情會進展艱難，畢竟災區環境艱苦且危險，去了對個人來說並沒有什麼好處。

醫生們也許是被李傑點燃了那份久違的激情，或者是因爲李傑不大的年紀，作爲一個實習生的他尚且如此，他們怎麼能不如一個實習生呢？

「不能去這麼多人，去多了醫院還運作不？我們這裏同樣有傷者需要醫生！好了，我來選人，根據這次災情，外傷的人占多數，所以，以外科爲主……」院長在報名的人中選擇了幾名醫生，又挑選了幾個護士。

「石清，你其實沒有必要去的！我一個人就可以了！」李傑瞅機會對石清說道。

「你真是厚臉皮，你以爲我是因爲你去的麼？」石清雖然極力掩飾，但李傑確實知道她是爲了自己，不由得心中感到一陣溫暖。

「好了，現在準備一下吧，一會兒就出發了！我們醫院是第一批奔赴救災第一線的，希望你們能不畏艱苦多救些人出來！」

第一附屬醫院的醫生一共去了九個，護士則有六個，大家一點抱怨也沒有，都懷著報國救人的願望向災區進發！

這次地震具體有多嚴重目前還不知道。C市並不是受災很嚴重的中心震源，它距離BJ市也不算很近，按道理，醫生可以從離災區更近的城市抽調，但BJ擁有很多醫療救援物資，所以醫生也就一起過去了。

李傑現在就是個一人吃飽全家不餓的人，他不用記掛任何人，所以輕裝上陣。其他人就不一樣了，當給家裏打電話報告要去災區的時候，家中親人的擔心等各種問題來襲，讓他們那股子報國救人的熱血開始減退，但是又不能表現出來，所以一個個都沉默著不說話。

地震消息還沒有大面積傳播出去，現在只有醫療工作者與解放軍戰士先行一步。

第一附屬醫院的醫生們乘坐著大巴車，跟隨著醫療食品等救援物資運輸車隊駛向災區。李傑所在的這個車隊除了醫療工作者，還有一批解放軍戰士，他們與醫療隊一起向災區進發，所不同的是，這是第一批醫療隊，而這支解放軍部隊不是第一批，部隊在災難發生的第一時間就已經分批進發了。

李傑前一天晚上做了一個急救手術，又照顧了受傷者一個晚上，今天白天又是全神貫注地做手術。這一輪下來，他已精疲力竭。上了車不久，李傑就感覺眼皮在打架，沒一會兒就歪著頭靠著椅背睡著了。石清一直坐在李傑的身邊，默默地看著這個讓人琢磨不透的人。她多少知道李傑心裏在想什麼，她覺得自己陪在他身邊是最好的選擇。

因爲事發突然，車上的其他醫生們都是白天上了班並沒有好好休息就整裝出發了。大家都明白，到了災區會很忙碌，不會有什麼休息時間，所以大家都在抓緊時間休息，一個個都跟李傑一樣歪著頭在車上睡覺。

這次來災區的醫生，以年輕力壯的爲主。他們多數都在三十歲左右，年紀大一點的也不過五十歲。

不知道過了多久，汽車停下了，車外傳來一陣嘈雜的聲音。睡得正香的李傑被吵醒了，因爲坐著睡覺的原因，他覺得脖子有點難受。

他揉了揉脖子，發現車窗外的天已經亮了，睡得真是沉啊！竟然能在車上這麼睡一夜，李傑暗自感歎。

「怎麼了？」後來也睡著了的石清這個時候也醒了。

「不知道，下去看看吧！」李傑說道。

車上睡醒的人不止他們兩個，有很多人都醒了，都在一臉疑問地四處張望。

李傑剛剛下車就聽到有人大聲呼喊道：「前方的路堵住了，都過來幫忙啊！」

「走吧，去看看！」石清與李傑異口同聲道。石清說完就覺得有些不好意思，李傑只是笑笑，便拉著她一起走向車隊的正前方。

物資車都是在前方，大約有十幾輛，搭載著醫護人員的車則在後面。現在，車隊所在的位置已經在災區的邊緣了。

車隊的必經之路被山體上滑落的石頭和沙堵住了，看泥土的成色就可知是剛剛滑落下來的，或許是餘震的原因吧！

軍方弟兄們一個個拿著鐵鍬等工具已經開始在清理道路上的堆積物，一個年輕的軍官正在大聲地呼喊指揮著。

「咱們也過去幫忙！將大石頭搬出去！」一位中年醫生指著沙石堵住的地方說。

他是這次醫療救護隊的帶隊者，在第一附屬醫院很有聲望、受人尊敬的醫生。

醫生們看到那些幹得熱火朝天的戰士們，早就想上去幫忙了。這吳醫生一說，大家都摩拳擦掌準備上前。

「你們回去休息吧！一會兒還有更重要的事要交給你們呢！」年輕的軍官冷冷地說道，

他是這次隨行的最高長官韓超營長。年紀輕輕的他當上營長並不是靠關係走後門，而是靠他絕強的實力。他棱角分明的臉上，透露著冷酷。他總是一副這樣的面孔，給人一種冷冷的拒人於千里之外的感覺。

「放心吧！這點事我們還能幹，別把我們當成了弱不禁風那種普通讀書人！」吳醫生對那個年輕軍官說道。

韓超並不同意吳醫生的話，他露出一種不屑的眼神說道：「你們一會兒就會叫苦了，這裏不過是小小的堵塞。過了這裏，前方的道路更難走！先頭部隊只將道路清理到距離災區二十公里左右的地方，也就是說，我們還要步行二十公里！」接著，他伸出手指著天上的雲說道：「你看，要下雨了！」

他的話猶如一盆冷水澆滅了眾位醫生幹活的熱情，他們都愣愣地站在那裏，彷彿木頭人一般。李傑早就料到會有這樣的情況，也早做好了準備。他不理這位冷酷的軍官說什麼，徑直穿過人群加入勞動的隊伍當中。

這次地震後，運氣還算不錯，雖然現在看起來像要下雨，但目前起碼這個地帶還算是晴朗。如果震後就遇到大雨天，那麼餘震與大雨可能會造成嚴重的泥石流，道路會被大量破壞，救援物資就更難運到災區了。

李傑再次帶動了其他的醫生，沒有人再理會這個韓超營長的警告，紛紛投入勞動大軍中來，與戰士們打成了一片，一時間，勞動也變成了一件快樂的事情。

眼前這些都是一些碎石和沙土，不是很難移動，這次參與救災的戰士與醫生也很多，救援隊除了食品與醫療用品外，還帶了很多鐵鍬等工具。李傑等人擼起袖子搬起一塊塊石頭扔到道路兩邊，然後再用鐵鍬將沙土清理乾淨。

不到一個小時，已經清理得差不多了。就在大家高興地再次上車趕路的時候，大地猛地晃動了起來。

人們的第一反應就是地震！一種強烈的恐懼感湧上心頭，此刻，車隊正行駛在山路中，公路兩側都是高山。如果地震再次引起山石的滾落，那可就危險了。

李傑也沒有經歷過地震，他也在害怕。眾人的臉上滿是驚恐，一些年輕的護士甚至哭了出來。

韓超營長這個時候顯示出他冷靜的一面，戰士在他的指揮下並沒有慌亂，而是井井有條地轉移到道路中央的空曠地，密切注視著兩側的高山。醫生在此刻顯現出與軍人的差距，如果不是有軍人的指揮，恐怕已經亂了。

這次地震很快就結束了，這不過是一次比較小的餘震，但卻讓這群沒有見過地震的人著實被驚嚇了一次。這次運氣還不錯，兩側的山沒有滾落下來石頭一類可怕的東西。

地震過後，驚魂未定的人們立刻上車，現在最迫切的就是馬上離開這個可能被山石掩埋的危險地方。

這裏距離災難發生的C市已經很近了，地震造成的觸目驚心的破壞已可見到。路況越來越差，這還是先頭部隊不眠不休所開拓出來的一條生命通道。車行駛得很慢，而且顛簸得很厲害！坐在車裏，大家感覺整個內臟都像被顛簸得位置錯亂了，石清等眾位女醫生女護士身體稍弱，有一些人已經忍不住吐了起來。

石清臉色發白，顛簸的汽車加上休息不好讓她很難受。李傑能做的就是緊緊地握著她的手，給她一些安慰。

顛簸了幾個小時以後，車再次停下了，這裏已經能夠看到更多卡車與鏟車，這已是開拓道路的第一線。連夜的奮戰已經讓這裏的戰士們的身體達到了極限，他們完全憑藉著意志力在支撐著。

醫療隊的車剛剛停穩，就有人打開車門高聲地呼喊：「下車了！下車了！這裏有傷患！」

剛剛被顛簸的山路折騰得半死不活的醫生，聽到有傷患，就都強打起精神衝下車去。

和醫療隊一起來的戰士不等長官下命令，就一頭栽進開拓道路的隊伍中，他們想頂替這些過度疲勞的戰友，讓他們休息一會兒。可他們發現，這些戰友都如瘋子一般，拚了命地搬開道路上的障礙，他們爲的只是早一點打通這條連接災區與外界的道路。

李傑下了車，他本以爲見到的傷病員大半可能是災民，當他走到臨時搭建的帳篷裏才發現，這裏的傷病員基本都是軍人戰士，是一群累倒的軍人，也有一些在救災中受傷的軍人。

無論什麼樣的人看到這樣的場面都會被感染，旅途上的辛苦比起這些累倒的戰士們的辛苦來說，實在差太遠了。

李傑以前只在電視中或網路上看過救災，親身到達第一線，他才真正地感覺到什麼叫做人民的子弟兵。

簡易帳篷中到處都是昏迷的戰士，這裏只有幾個少數的隨行軍醫留守。

李傑穿上白大褂開始救援工作，對那些少數因爲不小心受傷的人，醫生們簡單的包紮已經能控制住傷情。嚴重一些的受傷者是從災區裏面逃出來的，但他們都沒有什麼生命危險，起碼他們還可以逃出來，這算是幸運的。

「韓營長，我們必須出發。這裏的傷者經過處理，已經沒有什麼問題了，留下兩個人就可以了！C市應該還有很多重傷患。」

韓超看了一眼這個跟自己說話的年輕人。他對這個皮膚黝黑卻有著一雙堅毅眼神的傢伙有印象，山石堵路的時候，他是第一個上去的。

「再等半個小時！」韓超冷冷說道。

「不能等了，再等半個小時可能會死很多人的！」李傑怒道。這個傢伙總是一副冷淡的樣子，似乎對一切都漠不關心。

「放心吧！我們會在路上將這半個小時追回來，倒是你們醫生團隊，不知道能不能跟上！」

李傑看著他那副冰冷的面容，淡淡地說道：「不要擔心我們醫生，我希望一會兒去市區的時候，你們能多帶進去一些藥品！」

韓超也不說話，他也想早一步到達災區第一線，但現在還不是時候。這些開拓道路的官兵們實在太勞累了，自己的部隊需要多幫他們分擔一些。

另外還有一點就是，韓超的部下多是新兵，讓他們在這樣的氣氛下多感受一刻，士氣便會更高一些。這也是韓超敢誇下海口說在路上可以趕回現在失去的時間的原因。

人的意志力有時候很令人驚訝，高昂的士氣可以讓軍隊發揮出無窮的力量！這種力量一直是軍人的決勝法寶。

「一營全體官兵集合！每人帶四十公斤物資！準備進發！」在這裏大約停留了一個半小時，看看時間差不多了，韓超道。

「集合！咱們也要帶點醫療物資，憑各人的能力拿！咱們需要徒步前進！」吳醫生大聲喊道。

天上烏雲漸漸密集起來，空氣也變得潮濕悶熱，看來下雨似乎不能避免了。天氣惡劣將會影響物資的調配，災區的醫療物資是很缺乏的，所以每個人都儘量地多帶一些。

李傑本想背一個四十公斤的物資包，可他的身體實在承受不了，只好帶上一個三十公斤的背包。女醫生和護士們也一改往日的嬌弱形象，帶上了小一些的包裹。

「災區的老鄉在等著我們救命！兄弟們，到我們出力的時候了！」韓超的話很普通，卻比那些煽情的話更有用，士兵們熱情高漲，在他的一聲令下跑步前進。

行軍的速度很快，戰士們平時訓練得多，此刻並不怎麼勞累。那些醫生們開始還可以追趕上，可不到半個小時，就已經一個個氣喘吁吁了，體弱者已經跟不上了。

韓超留下十幾個戰士照顧體力不支的醫生，自己繼續帶領隊伍前進。漸漸地，能跟上隊伍的醫生已沒有幾個了。

「停止，全體休息三分鐘！」大約過了一個小時以後，韓超命令道。他主要是爲了照顧幾個能跟得上隊伍的年輕醫生。他有些佩服這些人，他們完全是憑藉超人的毅力跟上來的。

「我們都能看到C市了！繼續前進吧！」一位連長迫不及待地說道。

「不！一會兒到了可沒有你們休息的時間！快給我好好休息！」請願的連長不情願地退下休息。其實他們連續行軍也是累得夠嗆，但是爲了早點到達災區，已經顧不上那麼多了。

戰士們接到命令，此刻也紛紛坐下休息喝水。

「韓營長，給他們的水裏加點這個東西！補充體內損失的鹽分！」李傑拿出一袋子粉末狀的東西說道。這是早就配好的，人在大量出汗後，體內的鹽等電解質流失量很高，如果此時大量飲用淡水而未補足鹽分，就會出現頭暈眼花、嘔吐、乏力、四肢肌肉疼痛等輕度水中毒症狀。

「小王，發下去，每人的水裏加一點！」韓超問也不問是什麼，直接就將李傑給他的東西發下去了。

李傑又回到自己的位置上休息。石清一直都咬牙堅持著，她背負的藥品很少，而且在半路上就讓李傑搶去拿著了，但她畢竟是個女孩子，體力較差，這時已經累得快要暈倒了。

休息了幾分鐘以後，部隊再次出發啓程。短短的幾分鐘，也許沒有親身經歷的人們會感覺休息沒有效果，但是事實是，能讓超負荷運轉的身體停下來幾分鐘，身體所得到的休息比你想像的要大得多。

李傑扶著石清，竭盡全力地跟著大部隊。

「背包給我吧！」這是一個熟悉的聲音，有人伸出一隻手說道。李傑抬頭一看，不正是韓超營長麼！

「不用，我能堅持住！」李傑咬牙道。這個營長一直與戰士同甘共苦，坐車的時候是坐在車的翻斗裏，現在也和戰士一樣背負很重，李傑可沒有理由讓他來幫自己背東西。

韓超對於李傑的拒絕也不多說，縮回了手，只是笑笑，然後繼續前進。他發現，人們前進的速度變慢了很多。

距離災區越近，越能感覺到地震災害所帶來的破壞。一部分人聚集在郊區開闊地上搭起了簡易的帳篷。

這裏到處都是傷病者，到處都是失去親人的痛苦的人們。軍警戰士們在忙碌著救人，醫護工作者們則在忙著照顧傷病員。一些沒有受傷的群眾在做飯、取水或搭建帳篷。

在C市救災指揮部，人們也在忙碌著。

「陳書記！ＢＪ市的部隊與醫療隊伍到了，請指示！」通信兵報告道。

陳書記頭髮有些凌亂，眼神略顯疲憊。他從災情發生開始，第一時間就趕到救災前線來主持工作，他這兩天一共就睡了不到三個小時。

「醫生們終於來了，讓他們進駐城市中心的玫瑰花園廣場，在那兒搭建一個臨時醫院！另外要向總部請求空投物資！」陳書記下完了命令，通信兵就出去執行了。

窗外，那密佈的陰雲讓他感到不安，部分物資已出現緊缺。如果這雨下起來，不知道何時才能有需要的物資到來。

李傑等醫療隊的醫生們在戰士的帶領下，穿過一棟棟瀕臨倒塌的危樓，直接進入市區。他們是第一批進駐的普通外來醫生。這裏的醫生除了本地倖存者外，再就是軍醫，數量有限而且已經連續工作了很長時間，必須要休息。

「就在這裏了，這幾個帳篷就是你們的！希望你們能夠多救治一些傷患。」領路的戰士說完，就再次投入救災的工作中。

ＢＪ的這批醫療團隊因為在半路上分成了兩批，一批體力弱的在後面，這些先到達的大多是一些年輕的、身強力壯的小夥子。

「大家開始工作吧！要注意節約藥品！」李傑高喊道。從上路開始，大家不知不覺就將李傑當成了這部分先頭醫療隊的領頭之一，在他的叫喊下，沒有人休息。大家立刻開始了救援工作。

玫瑰花園廣場是城市的中心地帶，廣場周圍的樓基本全部坍塌，剩下的幾棟樓也已經微微傾斜，裂開的一條條大口子觸目驚心。在這裏，沒有了完整的建築，也沒有了歡聲笑語。

廣場的面積很大。這裏到處都是臨時的帳篷，帳篷已經變成了臨時的病房。病床上滿是痛苦呻吟的傷病者，更多的受傷比較輕的，則橫七豎八躺在了地上。

一些本地的醫護人員在忙著救治災民，但是傷患太多，醫護人員數量不足，加上連續工作的疲勞，很多傷病員都長時間忍受著痛苦等待救援！

這一批醫生的到來立刻緩解了醫護人員緊缺的狀況。同時，他們帶來的藥品等物資也起到了很大作用。

李傑將虛弱的石清安排到一棵大樹下休息，然後立刻投入救援工作中。由於病床上傷病者很多，在這個醫護人員稀缺的時候，救人就必須有選擇性，李傑選擇了一些病情嚴重或者疼痛劇烈的。

「您好，我是安寧電視台的記者，能問你幾句話麼？」李傑幫一個肋骨骨折的老人做了胸部的固定以後，聽見一個極富磁性的聲音問道。

李傑看了他一眼，這是一個年輕的男記者。他沒有說話，而是繼續自己的工作。看到這個記者，李傑想起了趙致，那個爲了幫助自己丟了工作的兄弟，可是現在怎麼也聯繫不上他。

「對不起。打擾您工作了，我希望您能說兩句，好麼？我聽說你們是連夜從BJ市趕來的！我很敬佩你們，能夠在這麼短時間內來到災區！」記者不厭其煩地說著，但是他面前的李傑卻依然一聲不吭地繼續爲下一個受傷者做救護處理。

「啊！」傷者一聲慘叫，李傑幫他接上了胳膊。現在醫療用品缺乏，李傑只能找來一個比較平的木板將他的胳膊固定住。

記者一直在旁邊等著李傑說話。可是李傑總是有治療不完的傷者，就是不接受他的採訪。

等了十幾分鐘以後，他明白了，這個醫生可能是一個爲了工作不顧一切的人，於是將採訪的話筒等設備丟在一邊，也加入救援的行列中。

李傑看到這個記者竟然待在自己身邊，纏著自己不放，不禁皺了皺眉頭，冷冷地說道：「我們沒有什麼值得採訪的，你去問問那些一直在工作中的本地醫護人員吧！他們的故事更多，我答應你，一會兒給你時間！」

記者聽到這話，也不再勉強了。他站起來，拿起採訪的設備去尋找下一個採訪對象。就在這個時候，他看到一位年紀大約四十歲的女護士，身上的白大褂已經被泥土與血液沾滿。看她疲憊的樣子，像是身體的體能已經到了極限，然而她卻沒有休息的意思。此刻，她剛剛給一個受傷者換過藥回來，在準備下一步工作。

記者立刻站起來走到她身邊，拿出話筒問道：「這位護士大姐，請問您是本地人麼？」

「是的！」這護士顯然沒有想到這個記者會來採訪她，此刻有些不知所措。

「請問，您從地震開始就一直在參加救援麼？」

「是的！一直都在！」

「您的家人呢？」記者問道。

這個時候，她不說話了。她轉過頭去，不再接受採訪。李傑清楚地看到她的眼圈紅紅的，淚水已經禁不住掉了下來。

「請問，您有孩子麼?他在哪裏呢?」記者因爲在她身後，顯然沒有注意到她的變化。

「我不知道，昨天他早早上學去了，然後就地震了。我不知道……」護士此刻再也忍不住淚水奔湧，放聲大哭。

親歷現場以後的李傑變得有點麻木，他忘記了自己已經一天半沒吃到東西，忘了旅途中的疲憊，就只想多盡一份力。

他跟所有的人一樣，爲這個災難心痛，一直在忍耐著不哭泣。然而，在這位偉大的護士面前，他的眼淚禁不住順著臉頰流了下來。

母親是偉大的，爲了兒女，她可以犧牲一切。這位已經做了母親的護士是更加偉大的，爲了救護傷者，她顧不上自己的孩子，一直堅守在崗位上……

「他在什麼學校？我去幫您把他帶回來！您可以放心！」記者也被感動了，他說道。他此刻也顧不得什麼採訪了。

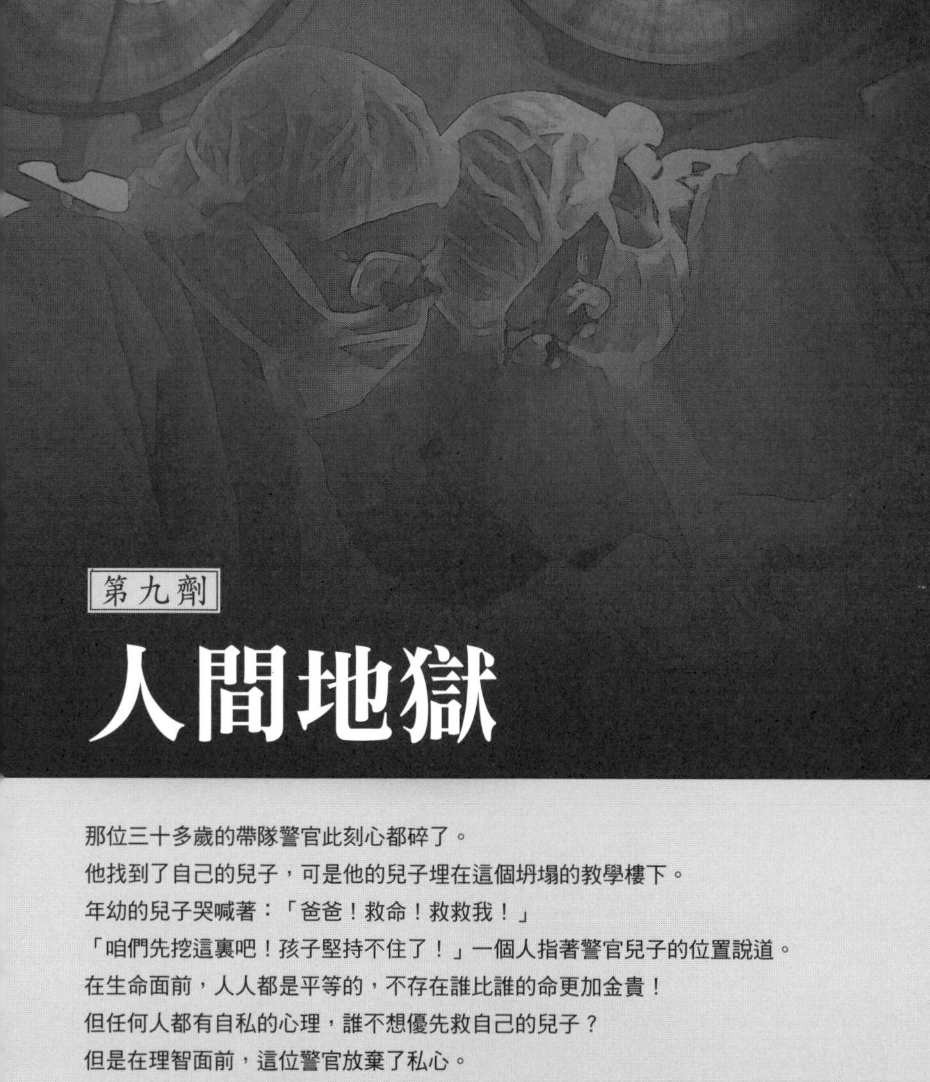

第九劑

人間地獄

那位三十多歲的帶隊警官此刻心都碎了。
他找到了自己的兒子，可是他的兒子埋在這個坍塌的教學樓下。
年幼的兒子哭喊著：「爸爸！救命！救救我！」
「咱們先挖這裏吧！孩子堅持不住了！」一個人指著警官兒子的位置說道。
在生命面前，人人都是平等的，不存在誰比誰的命更加金貴！
但任何人都有自私的心理，誰不想優先救自己的兒子？
但是在理智面前，這位警官放棄了私心。
警官安排了大家先拯救那些更容易救助的孩子後，一個人默默挖掘困住兒子的水泥磚。
他是一個凡人，他愛自己的兒子；
他同每一個父親一樣希望自己的兒子平安脫困。
可是，此時此刻，他只能這樣做才覺得心安。

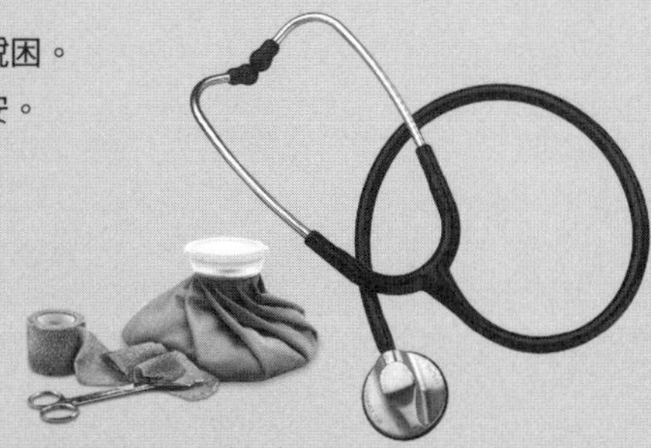

李傑爲最後一個傷者做好清創縫合，才直起腰對石清說道：「在這裏等我，幫我照顧這些受傷的人，我去第一中學一趟！」李傑在詢問中瞭解到附近有個第一中學，他心想，如果不去學校看一下，他的心永遠放不下。

站在學校的廢墟上，他震驚了。這裏彷彿是人間地獄，坍塌的樓房，破碎的大地，一雙雙渴望的眼睛，蒼白的面容滿是灰土，血泊裏掙扎的雙手，此情此景，即使是鐵打一般的漢子也會失聲痛哭。

第一中學曾經歡聲笑語的運動場上已經沒有了同學們快樂的聲響，這裏隨處可見尋找孩子的焦急，失去摯愛的痛苦，也可以看見劫後重生的喜悅。

這裏是受災最嚴重的地方之一，少數學生幸運地躲過了災難，然而更多的學生都被倒塌的教學樓掩埋，救援工作已經開展了一天，但是真正救出來的人卻不多。

學校的操場上搭建了一個極其簡易的醫療工作站，在這裏，醫護人員與藥品極其缺乏，只能對傷病員簡單處理一下，最終傷病員還是要被送到廣場上的大醫療站做進一步的治療。

李傑是自己單獨來這裏的，要跟著他一起來的人都被他拒絕了，包括石清。畢竟在廣場那裏，還有很多傷病員需要照顧，不能因爲自己而使救援的安排被打亂。

那位衝動的記者本來也要與李傑一起來，在李傑的勸阻下，他放棄了。他是少數幾個進入災區的記者之一，他必須完成他的使命，讓全國人民瞭解災區的真正情況。

那位偉大的護士在連續的勞累以後，加上悲痛欲絕，已經暈倒了。替她拯救失蹤的孩子，替所有奮戰在前線的工作人員找到孩子，是李傑現在最大的願望。

第一中學有上千人被掩埋，是這個城市被掩埋人數最多的地區之一。在學校教學樓的廢墟上，有很多的家長在尋找自己的孩子。

同時，城市倖存的員警在救災指揮部的調度下，也都組織起來營救被困的學生們。救災的原則是先救被掩埋得比較淺的人，輕傷的受災者在簡單的治療以後也繼續幫忙救人。在這個幾乎封閉的城市中，多一個健康的人，也許能多挽救幾條生命。

營救的人員在拚命地找，但是營救的效果卻很一般。倒塌的樓房不方便使用機械工具，因爲不知道人到底被埋在了哪裏。萬一不小心傷到了人，可就不是救人，是殺人了。最重要的是，地震中保存下來的大型機械都被徵用去清理堵塞的道路去了。只有增援的部隊早日到達，救援物資早日到達，更多人生存的希望才能更大。

「讓一讓！讓一讓！」在呼喊聲中，一個滿臉是血的傷者被兩個人抬了出來，醫療站迅速地安排出了人來幫忙救援。

「傷者昏迷！送到廣場救助站吧！我們這裏什麼也沒有！」一個醫護人員說道。的確，這裏太簡陋了。

「給他喝點水吧！可能只是受到撞擊昏迷了！啊！鼻子也出血了！快堵住！」一個護士說道。

就在那個盛滿水的杯子遞過來的時候，李傑忽然喝道：「住手，不能喝水！不能堵鼻子！」

大家一看，是一個身穿白大褂的皮膚黝黑的青年。有些玩世不恭的李傑，平時有些無賴的李傑，在穿上白大褂以後，好像變了一個人一般！那張有一些帥氣的臉，此刻更多顯示出了剛強與堅毅。

「傷者可能是閉合性腦損傷。先不要給他喝水！如果顱內高壓，鼻子的血也不能堵！」李傑說著，推開圍觀的群眾，開始給他做檢查。喝水與堵鼻子裏的血可能會讓傷情更嚴重，所以李傑急忙出來阻止。此刻，李傑心想，好在自己就在旁邊，不然的話，這些救助者的好心怕是瞬間就可能在無意中害了一個人。

腦損傷情況的精確檢測需要先進的儀器，在這種情況下，李傑只能做一些簡單的急救處理。

眼鼻出血、瞳孔對光反射消失、意識障礙……李傑在心裏默念。簡單的檢查過後，他打開急救箱，取出腰穿包。雖然他不能明確傷者的狀況，但是有一點可以肯定，這個傷者有顱內高壓症狀。

在災區，醫療器械是十分寶貴的，眼前一個在醫院中很普通的手術包，卻能拯救一個人的性命。李傑在心裏感慨。

李傑一邊準備，一邊淡淡地說道：「別害怕，他腦袋裏壓力很高！我在他脊柱中抽出來一點液體。」李傑解釋完後，又命令護士道：「現在只能暫時保住他，一會兒立刻把他送出去！哎，幫忙把他翻個身！」

傷者側身躺著，露出背脊，長長的針頭刺入傷者的腰椎，取出適量的脊液。

「記住不能給他喝水，還有，出血不能堵！注意觀察呼吸心跳……」李傑囑咐過後，受傷的人便被送出去了。

「請問，這裏救出了多少個孩子？」李傑對一個醫護人員道。

「已經救出來不少了，但是還有很多被埋在廢墟下！還有一些當場死亡……」即使見慣了死亡，李傑也無法接受這樣的事實，一個個鮮活的生命就這樣死亡了，一個個盛開的花朵就這樣凋謝了。

現在沒有新的傷患被救出來，李傑便踏上廢墟幫忙營救被困在廢墟中的傷患。沒法用器械，光靠雙手以及簡易的工具清理這些巨大的鋼筋水泥塊，李傑感覺到困難重重。

悲傷的父母們以及救援隊伍就這樣憑藉意志力來完成對生命的拯救。他們已經不知道工作了多久，完全是在超負荷運轉。

在學校中組織營救工作的是一位現役警官，年紀三十歲上下，看上去威武有力。他此刻已經很疲勞，其警官服上還有一些擦傷的痕跡，看來他是地震中的倖存者。他在指揮營救工作的同時也身體力行地參與其中。

「大家用力，一、二、三，一、二……」

在吆喝聲中，一塊巨大的水泥板在眾人的努力下開始緩緩移動！每個人都在拚盡全力，李傑也加入這支隊伍中，貢獻著自己的一份力量。

李傑的耳朵很靈敏，這是作爲外科醫生經常聽診中鍛煉出來的，特別是聲音的辨別力更強。在聲嘶力竭的呼喊聲中，他好像聽到了廢墟下有求救聲，仔細一聽，的確！在這個大水泥板下邊有求救的聲音。

「下面有被困的孩子！大家加把勁！」李傑這句話猶如興奮劑一般，沒有人考慮他說的是真是假。水泥板轟的一聲被翻倒在空地上。興奮的人們看到了希望，紛紛趴在廢墟上傾聽。

「果然有聲音！這下面有人，有很多！大家加把勁！」警官紅著眼說道。

看到了希望的人們那超負荷運轉的身體再次充滿了力量，那瀕臨崩潰的身體近乎瘋狂地運轉著。李傑覺得他們能堅持到這種程度，已經不能用醫學的眼光來解釋了。

下面被困住的孩子們也聽到了上面的響聲，他們被困在下面很久了，此刻終於等到了救援的隊伍，迫不及待地想要脫出險境。

他們呼喊著，向上面的人求救。

在上面的大人特別是女性，聽到孩子的呼喊聲已經哭了起來，他們一邊拚了命地搬障礙物，一邊大聲安慰著下面的孩子。

「安靜！大家都別吵了！你們這樣，下面的孩子會受不了的！」李傑大喊道。現在，人們的精神跟身體同樣處於崩潰的邊緣，聽到李傑怒吼，眼神也變得不友善起來。

爲了避免誤會，李傑趕忙解釋：「讓下面的孩子們安靜！保持體力！我們還不知道下面的情況，誰也不能確定救人需要多少時間！如果這麼喊下去，可能等不到我們救出他們來，他們就已經頂不住了！」

他們聽到李傑的話，立刻明白了自己的錯誤，在對李傑道歉了後，便安慰下面的孩子，讓他們冷靜了下來。李傑也不怪他們，在這種情況下，救人心切，誰做出什麼瘋狂的事都是可以理解的。

看到了希望不代表馬上就能夠觸摸到它，即使就看到它在你的眼前！人們算是知道了李傑為什麼讓孩子們安靜。這些看似很少的障礙物，搬起來卻異常艱苦。明明感覺到自己距離被困的孩子很近了，但是搬了很多塊水泥磚還是無法看到。大約三個小時以後，人們費力地搬開了最後一塊水泥板，透過狹小的空隙，已經可以看到被圍困的孩子，希望再次燃起。

李傑雙手已經麻木了，指甲因為搬石頭都流出血來了，他知道，不能再繼續了。他是一個醫生，有更重要的事情等著他，他需要休息，雙手必須恢復一下，以準備接下來的救援工作。

「做準備工作，被困的孩子需要救助！」李傑回到醫療棚，對醫護人員說道。接著，他又去清理了雙手。

在李傑清理雙手的時候，他聽見不遠處的歡呼聲。原來那批被困的孩子有一些脫險了，孩子的父母們抱著孩子再次留下了淚水，此刻是劫後重生的歡喜。

另有一些父母很失望，他們的孩子不在其中，還有的孩子見不到自己的雙親，無助地哭泣著。李傑想起了那位偉大護士的孩子，她還沒有說出自己孩子的名字就暈倒了！此刻，這已經不重要了，現在所有被困的孩子裏，有很多就是救援工作者的孩子。

「重傷患！醫生！」李傑回頭一看，那個組織大家營救孩子的警官背著一個重傷昏迷的孩子跑了過來，這個孩子是剛剛從廢墟裏面救出來的。

警官將孩子放到床上，然後馬不停蹄地再返回去解救其餘被困的孩子。剛剛發現的孩子中，有一些脫離了危險，但還有一些被坍塌的房屋壓住了，卡在裏面出不來。

「傷者深度昏迷！胸骨部位皮膚指壓陽性、呼吸急促。」護士報告道。

「收縮壓小於七十三毫米汞柱！」護士再次報告。

李傑此時剛剛披上白大褂，走到傷者身邊。他心想，這孩子身上多處擦傷，估計是失血過多或者劇烈疼痛導致的休克吧！

「迅速補液。另外，準備輸血！」李傑一邊說著一邊戴手套。他身上一次性手套有很多，但是水卻不多，爲了節約水源，同時保持手部的清潔，手術之外的其他場合，戴手套也是一個不錯的選擇。

在護士準備輸血輸液的時候，李傑也沒有閑著，他在給傷者包紮傷口。

他首先做的是全身檢查，因爲傷口的包紮要按照從大到小的順序來，他得先作出判斷。

在李傑將傷者翻轉過來，準備檢查背部的時候，他發現，在傷者的腰部有一條巨大的傷口延續到後背。

這可能是救援者剛開始救人的時候不小心弄出的創傷，李傑不禁埋怨救人的隊伍因太著急而忙中出錯了。如果每個人都這麼魯莽救人，雖然速度快了，但是只會平添無謂的傷亡。

李傑再次拆開一個縫合包。他帶的手術器械和藥品都是有限的，剛剛已經拆開一個腰穿包，這次又一個縫合包沒了！

觸目驚心的巨大傷口，在李傑那雙靈巧的手下迅速閉合。李傑的手因爲剛剛超負荷的勞動有些麻木，但這個外傷的縫合依然平整完美。

在另一頭，那位三十多歲的帶隊警官此刻心都碎了。他找到了自己的兒子，可是他的兒子埋在這個坍塌的教學樓下，半個身子都卡在裏面無法動彈。年幼的兒子哭喊著：「爸爸！救命！救救我！」

「咱們先挖這裏吧！孩子堅持不住了！」一個人指著警官兒子的位置說道。

警官沒有絲毫猶豫，直接否決這個決定。因爲誰都看得出來，他兒子所處的位置很難挖，需要很長的時間。而在另一側卻有更多的被壓在障礙物下的人，相比之下，他們更容易被救援。

在生命面前，人人都是平等的，不存在誰比誰的命更加金貴！但任何人都有自私的心理，誰不想優先救自己的兒子？但是在理智面前，這位警官放棄了私心。

警官安排了大家先拯救那些更容易救助的孩子後，他一個人默默開始挖掘困住兒子的水泥磚。

他是一個凡人，他不可能對被困的兒子無動於衷；他是一個普通人，他是一個平凡的父親，他愛自己的兒子；他同每一個父親一樣希望自己的兒子平安，希望兒子能夠脫困。

可是，此時此刻，他只能這樣做才覺得心安。他只能靠自己的力量來一點點撥開那一塊塊碎磚，一塊塊巨大的水泥板。

這一切，在場所有人都看在眼裏，大家都想去幫忙，可是警官不同意。現在的救治原則就是救那些最有希望被救的，他不能因爲一個人破壞這個原則。

看著被困的孩子與警官孤獨無奈的身影，很多人再次忍不住哭了。他們偷偷地擦著淚水，在心裏對自己說，在孩子面前要樂觀！要讓他們覺得自己還有被救的希望。

「小弟弟，你別哭了，你爸爸在救你！你必須堅強，像你父親一樣！」李傑蹲下來跟這個被困的警官的兒子說道。

「我爸爸能救我出來，是麼？哥哥你救我麼？」

「放心吧！你不要哭了，也不要喊，我們馬上就救你出來了，你哪裏被卡住了？你有沒有什麼地方沒有感覺？」李傑對他安慰了一番，然後又問道。

「嗯，我屁股被壓住了，還有腿卡住了！腳還能動，但是就是出不來！」

李傑看似簡單的問話，其實都是在詢問他的症狀。聽到這裏，他就放心了，這個孩子即使不能立刻救出來，也沒有關係，他現在看起來除了受到嚴重的驚嚇以及輕微的外傷以外，沒有什麼嚴重的症狀。

李傑最害怕的是他身體被重物壓住，或者他不停哭鬧而快速消耗體力。李傑安慰了這個孩子一番後，又去看望其他被困住的孩子。

其他的孩子有的沒有那麼幸運，很多孩子已經奄奄一息，李傑盡可能爲他們做了補液之類應急措施。也許這不能保證挽救他們的生命，但是能多拖延一會兒便多了一分希望。

不知不覺，李傑來到第一中學已六個多小時。此刻，天已經漆黑了，因爲沒有電，只能靠微弱的火光照明。孩子們心理本來就很脆弱，在漆黑的夜裏，再次哭鬧起來。

做營救工作的人們此刻也已經到了極限，他們多數人長時間參與高強度營救工作，而且根本連飯都沒有吃，全憑意志力在支撐。

李傑知道這麼下去也不是辦法，救人這件事情不是一天就能完成的，誰都想一下子將所有人都救出來，但是他們必須休息，如果這麼幹下去，只會平添更多的傷患。

「大家聽著，半個小時以後必須休息！明天繼續，我知道你們救人心切，但是這麼下去，你們都會變成病號，到時候，就是你們想救誰，也救不了！」李傑的話本來沒有人聽得進去，但是最後一句卻讓他們不得不承認，自己的身體都到了極限，也都明白如果再不休息，恐怕真的會累死。到時候，可真是誰也救不了，還要醫生來救自己！

半個小時以後，他們在李傑的勸說下都找到地方休息！只有一個例外，就是那位警官，他依然在為了解救他的兒子而不停地搬運著石塊。

「停下來吧！孩子還能堅持一陣子！」李傑勸道，但是他沒有要停止的意思。看著這位充滿著悲傷與無奈的父親，李傑不知道應該怎麼辦才好。

轟隆隆，天邊傳來了一陣驚雷！

李傑和警官的注意力同時被這雷聲所吸引，最擔心的事情發生了，下雨了！如果大雨來臨，救災的難度會增加很多！

閃電再次劃破寂靜的夜空，接著，雷聲滾滾而來，一個大過一個，豆大的雨點也落了下來。乾燥的土地被激起點點灰塵，隨後又混合成泥水流去！最擔心的大雨來臨了，那些本來已經休息的人此刻都已經醒了。

帳篷不夠用，人們在休息的時候也多是隨便找個地方休息，現在下雨了，一部分在曠地

裏的人甚至還要被大雨淋。

「我們繼續吧！反正也不能睡覺了！」不知道是誰提議道。眾人紛紛附和，但是他們的身體卻違背了他們的意志力，剛才精神上的鬆懈讓那完全憑藉意志力支撐的身體再也承受不住。此刻，不少人身體已極其虛弱，別說救人，就是站起來都費力。

這是人體的正常反應，好在肌肉疼痛只是暫時的。明天他們的肌肉會更加疼痛，可是不會很大程度地影響他們的健康。

李傑對躍躍欲試的人們說道：「大家都去帳篷裏面擠一下吧！年輕一點能堅持住的人就來守夜，來幫孩子們遮一下雨！其他人都休息一下吧！明天會有更加艱苦的任務！」

人在疲勞到了極點的時候，什麼艱苦的環境都能睡著。沒過多長時間，帳篷裏面就橫七豎八睡倒了一片，沒一會兒就鼾聲四起。

李傑撐起一塊大帆布，爲幾個被壓在廢墟中的孩子遮擋風雨。現在缺醫少藥，如果被大雨淋一夜，發了高燒，那可是很嚴重的問題。

一同守夜的還有那位警官，兒子就被壓在廢墟下，李傑安慰他說孩子不會有大問題，讓他去歇息一下，但他怎麼也睡不著覺。

「李醫生是麼？我叫穆雷！」警官對李傑伸手說道。他們倆同大多數人一樣，在一起抗震救災，彼此之間肝膽相照，但卻不知道彼此的姓名。

「李傑！」兩個人的手緊緊握在一起。穆雷的手寬厚而結實，上面佈滿了老繭；李傑的手卻是靈巧而修長。

深夜萬籟俱靜，只有雨點落地的聲音。李傑跟穆雷小聲地說著話。他們兩個人都很疲勞。李傑覺得自己如果不說話，可能會不知不覺睡著。

李傑從談話中得知穆雷是退伍軍人，在這個城市裏做一個區的派出所所長。地震的時候，他是從三樓跳下來，才保住了性命，其他來不及逃跑的同事全部被埋在了廢墟下。

穆雷的妻子早逝，癡情的他一直沒有再婚，這個兒子是他生命中的唯一寄託和安慰。這也更讓李傑佩服他，在感情面前能夠做出正確判斷的人很少，穆雷算是少見的一個。

談話只可以讓人忘記疲勞，並不能真正解決問題，穆雷神情疲憊，他此刻是強打著精神在堅持。

「我們輪流休息一會兒，你先休息！我一會兒叫你！我會替你看好孩子的。」李傑建議道。在李傑的不斷勸說下，困倦到了極點的穆雷總算點了點頭。他現在實在堅持不住了，有李傑看著孩子，他也有一絲放心了。這下，他也不拒絕，於是抓緊時間在廢墟上找了個乾燥的地方，就倒下睡著了。

李傑又變成了孤家寡人，他站起來檢查了一下擋雨的帆布是否結實完好。再看看天，一顆星星也沒有，現在雨雖然沒有開始那麼大了，但也沒有要停止的意思。他很擔心這個雨天，下雨過多，細菌病毒在潮濕的環境中更容易生長。地震過後如果再來一次瘟疫就糟了，這些苦難的人們會再也承受不起。

這漫天的大雨，誰也不好說到底要多久才能停止。

李傑坐在一塊石頭上，不住地打著瞌睡，他也是十分勞累了，就在幾乎要睡著的時候，他聽到一個稚嫩的聲音在呼喚他。

「叔叔！」

循著聲音的方向，他看到一個小女孩。她在地震的時候躲在了牆角，坍塌下來的水泥板封住了她逃生的路線，現在人們只能從破裂的水泥板縫隙處看到她。

「你不要害怕！我會在這裏陪著你的！」李傑將手伸進縫隙，摸著她的頭安慰道。他能感覺到這個孩子在發抖，能感覺到她在害怕。

「叔叔，明天你能先挖我這邊麼？」

李傑看著這個小孩子，不知道是應該憤怒還是應該害怕！這個小孩子爲什麼會這麼自私。李傑正想呵斥她的自私時，這個小女孩又繼續說道：「你不用管我，先救老師，她被埋在我這附近了，還有好多同學也都被埋在這裏了！」

李傑看著她那清澈的雙眼，暗罵自己混賬，在社會上混久了，總是把人想得都是自私的了！眼前是一個天真的孩子。一個希望救自己老師的孩子！

「你別著急，跟我說說當時的情況，你的老師和同學都在哪裏？」

「地震了，老師拉著我們就往外跑！同學們跑出去了一半，但是還有幾個同學沒有跑，老師就進去拉他們，最後房子倒了。」

小女孩簡單而純真的語言卻讓李傑又一次感受到了震撼。那是一個平凡的教師給李傑的震撼，她能夠在這麼危險的情況下毫不猶豫地再次返回教室救學生。這是一個平凡的教師，但也是一個真正當得起爲人師表這幾個字的人。

李傑再次將手伸進去摸著她的頭說道：「放心吧！我會救出你的同學，也會救出你的老師的！」

李傑安慰著小女孩，但是看著不斷落下的雨滴，他卻一點信心也沒有。他不知道天明以後會怎麼樣。

不知不覺間，東方已經泛白，就在黑暗即將完全撤退的時候，大地又一陣猛烈搖晃。李傑立刻從夢中驚醒過來，剛站起來卻又差點摔倒。昨日勞累過度，肌肉痠痛無力，再加上大地的搖晃，他無法站穩。所有的救災人員都被餘震驚醒了，劫後餘生的人們驚恐萬分。

不遠處的一座大樓在飽受地震摧殘後，已經搖搖欲墜。這次強烈的餘震來臨，它再也堅持不住，轟隆隆倒塌下來。

巨大的灰塵揚起，卻又立刻消失在了大雨中！

過了二十多秒，強烈的餘震終於消失了。驚魂未定的人們反應過來，這次餘震實在太強烈了，很多地震中殘留的大樓都在此刻轟然倒塌！

很多被困住的孩子都再次哭了起來，哭喊聲越來越大。他們有一部分是出於對地震的恐懼，還有一部分是強烈的餘震使原本僅僅被困住的孩子的身體又被震落的建築殘渣壓住，還有的孩子在餘震中受了傷。

救援人員經過了昨夜的休息過後，精神好了很多，但是卻跟李傑有相同的毛病，肌肉痠軟。他們如果不休息，現在可能已經累得起不來了。

孩子們的哭泣讓人心痛，大家含著淚忍著痛再次進入營救工作中。

警官穆雷的孩子從這次餘震開始就哭個不停，大聲哭喊道：「爸爸，我的腿被壓住了！」堅強的警官虎目含淚，儘量忍著不去看兒子，心中卻如刀割一般。

李傑和各位醫療工作者又忙碌了起來，檢查各個孩子的傷勢，安慰他們的情緒。很多孩子要麼手臂要麼大腿被重物壓住了。李傑有些擔心長時間的壓迫會對他們的身體造成很大的損傷。在目前的醫療條件下，就算救出來了，如果承壓嚴重也會死去，好一點的也是一個截肢的結局。還有，孩子們的驚恐萬分會使他們的體力迅速下降，也許不一定能堅持到人們把他們救出來的時刻。

每一個人都很累，但是卻都在拚命支撐，但誰都看得出來，今天的進度要緩慢很多。按照這個速度，很難將被困的孩子們全救出來。

時間已近中午，天空陰沉沉的。雨雖然已經小了很多，但是依然沒有停的意思，到處都是積水與爛泥，這些讓人心煩意亂。被困的孩子一個又一個被營救出來，但整體上進程依然緩慢！

「血液用光了！」一個護士呼喊道。

「立刻做試驗，找人獻血！」李傑吼叫道。

一個被餘震所傷的孩子大量出血，出現了休克，李傑已經幫他把傷口包紮止血了。這是一個不幸的孩子，他遇到了地震並且受傷嚴重。他同時也是一個幸運的孩子，他有一個好老師，這個孩子就是被他們偉大的老師救了一命。

那個昨天夜裏跟李傑說話的小女孩也被救了出來，她現在正在幫忙營救自己的老師。不止她一個，幾乎所有脫險的孩子都在幫忙，哪怕能搬動一個小磚頭，也是在貢獻一份自己的力量。

但是，一種悲傷的氣氛在漫延著。死傷的人數在增加，很多人都被坍塌物壓死了，還有一些人救出來的時候已經重傷。在廢墟下，人們發現了更多已經死去的孩子，救出來的生還者越來越少。

李傑很想上去幫忙找人，但是傷患一個接著一個，他根本空不出時間。他知道，他在醫療棚裏救治傷患的作用更大，他可以拯救更多的人，但是，當他看到警官穆雷的身影時，就忍不住想哭泣。這是一個悲傷的父親，一個無私的父親，一個偉大的父親！

他的兒子趴在那裏，已經不哭不鬧，孩子在等待著，等待著他的父親來救他！還有那些剛剛被營救出的學生們，他們都在拚命搬磚塊，因爲這廢墟下還有他們的老師，那是救了他們的命，自己卻被困在裏面的老師。

無論什麼時候，永遠也不能放棄希望！一定要再堅持！李傑默默在心裏念叨。

「看，軍人來了！」不知道是誰呼喊了一句，然後所有人都停止了動作。他們終於看到了希望，這個時候，讓人感覺到最可靠的就是那些軍人們！

匆匆趕來的軍人正是韓超率領的那個營隊。他們從進駐災區就一直沒有休息過，在整個市區展開了多次的營救工作！現在他們又接到了總部的命令，來這裏幫忙營救被掩埋的學生和老師。

雖然同樣勞累，但是軍人卻保持著一貫的紀律性。他們邁著整齊的步伐，雄赳赳氣昂昂地趕來了。

李傑感歎，軍人的素質與體力果然不是普通百姓能比的，而且他們在營救時分工明確、配合嫻熟。原本就在這裏參加營救工作的群眾也被軍人所帶動，大家此刻就如一個配合多年的集體，營救的速度不知道比剛才增加了多少倍！

李傑終於放心了，他不知道軍隊的標準是什麼，因爲他接觸的軍人很少，但是韓超帶領的這個營卻給他留下了深刻的印象。其硬朗的作風、堅忍不拔的精神，還有就是他們對救災的態度，體現出他們作爲真正的人民軍隊的精神。

兩條垂危的人命

李傑正準備再出刀，就在手術刀即將落下的一瞬間，
突然有人高聲呼喊道：「李傑醫生，你快過來！快來救命啊！」
這個聲音李傑聽得出。雖然只是聽他說過一次話，
但李傑也已將其聲音的特點深深地印在了腦海中，這是穆雷警官的聲音。
他想，能讓他這麼失聲大喊，肯定是他孩子出事了。
李傑這手術刀停在了半空中，不知道該落還是停。
兩方都是生命，兩條命都在等著救！
醫生是一個凡人，他沒有傳說中那神奇的分身術，即使醫術高超如李傑，
在醫療設備齊全的醫院也不可能同時做兩個高難度手術！

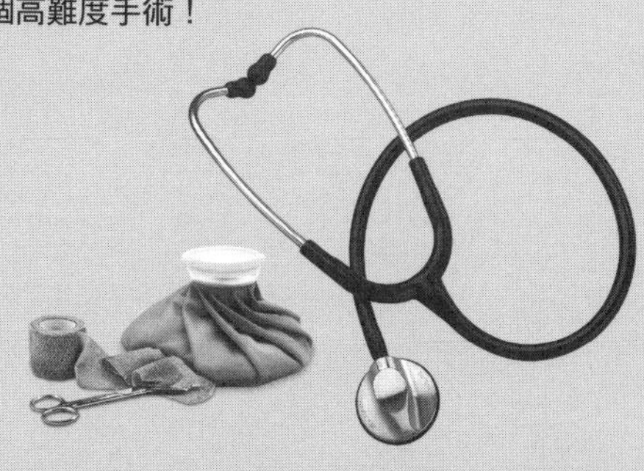

「看到了！看到頭了！大家小心點！別傷到人！」一位軍人指揮著，然後就聽見孩子們的呼喊聲。李傑可以猜測到，他們應該是更加接近了那位因救人而被困的老師。

當李傑來到這位老師身邊時，發現這位老師已經昏迷不醒。作爲醫生的李傑是在眾位學生期盼的目光與聲聲哀求中爲這位老師做的檢查。

傷者腦部外傷，深度昏迷！她的整個身體被壓在水泥塊下面，看不到具體的傷勢，無法作出進一步的判斷，但是可以知道她目前的狀況很不好！

「必須把人救出來，如果速度快就好，同時還可以尋機搶救一下！否則用不上半個小時，傷者肯定會死亡！」李傑這些實話讓軍人們加快了救人的速度，但卻讓那些學生們一個個哭成了淚人。他知道很殘忍，但是必須告訴大家實情。

軍人的另一部分正在全力解救穆雷警官的兒子。這孩子所在的地方清理起來更加困難，還好孩子沒有什麼嚴重的傷勢，但是時間長了也不行。因爲餘震的緣故，他一部分身體正被壓著。如果耽誤時間過長，將對孩子的身體產生極大損傷。

「一、二、三，起！」軍人們手臂血管凸起，肌肉緊繃，最後一個水泥板被撬開了。

僅僅十五分鐘，在學生們的歡呼聲中，昏迷的老師被解救出來了！而另一側，那堆積在穆警官孩子身上的建築殘渣也已經快被清理得差不多了！

「大家慢點！找一個平整的木板、門板或拆個床板過來，小心點！」戰士聽到李傑的話以後，將這位老師輕輕平放在地上，然後去找木板。

這位老師頸部明顯肌肉痙攣，似乎有頸椎骨折脫位的可能，還有明顯的腦部外傷，除了這些以外，她身上還有很多細微的擦傷。經過檢查，這老師瞳孔已經擴散，呼吸也很微弱，情況十分嚴重，在這種缺醫少藥的情況下，她是很難被救活的。

她在倒下的時候，還在護著一個學生，因爲她的保護，學生只是輕傷，現在已經被救出來了，而她卻身受重傷，已經呼氣多進氣少了。

李傑在懷念核磁共振，懷念CT，甚至X光。哪怕有其中的一個，也就可以用它來診斷出這位老師頸椎的基本狀況。

「李醫生，傷者有些不太對勁！」一個護士驚叫道。李傑一看，病人臉色發青，呼吸短且淺，明顯的是呼吸困難。

李傑拿過聽診器，在她的右側胸口仔細地聽著。這位老師深受學生們的愛戴，她本來就是一位優秀的教師，這次地震又不顧一切地拚命救了很多學生。她的命運在這個時候已經成爲了大家最關心的事情。

「請你救救老師！」

「需要血就抽我的吧！」

「醫生，只要你能救老師，你讓我怎麼報答你都可以！」

……

學生們在離老師的病床遠一點的地方圍了一個大圈，他們不敢接近病床，害怕耽誤醫生對老師的醫治。他們在虔誠地祈禱、真心地懇求，這一切都是爲了他們敬愛的老師能早點脫離生命危險。

李傑又何嘗不想將這位偉大的老師從鬼門關拉回來，可是現在儀器缺乏，根本就不知道她到底是什麼情況。

現在只能根據一個個症狀來做急救處理。呼吸困難，李傑也只能依靠聽診器來對肺部氣管等部位實施聽診。

「吸痰器，不對，給我拿個輸液管！」李傑話說了一半，他才想起來，這裏不是醫院急診室。儀器缺乏的災區，哪裏會有什麼吸痰器。

根據聽診和傷者的症狀，可以判斷傷者因爲脊髓損傷導致呼吸肌麻痹而造成痰液無法咳出。最簡單的方法是吸痰，沒有吸痰器，就只能用一個管子代替或者用最直接的方法，那就是直接將氣管切開。

李傑將輸液管從包裝袋裏拆開，然後用剪刀截取一段，將一端直接從傷者口中插入到氣管，另一端則對著他自己的嘴巴，這樣就成了一個簡單的吸痰器。在這樣的環境下，他已經沒有選擇了！

如此吸痰是他十分不情願的一個工作，但是在傷者生死面前，別無選擇！

李傑已經根據聽診的位置大致確定了痰液堵塞的位置，將導管深入氣管後，他深吸一口氣，用力將痰吸了出來。

他連續吸了三口，也吐了三口，他覺得胃在翻滾，差點嘔吐出來，不過他好歹忍耐住了。

其實，他胃裏早已經空空的了，沒有什麼可以吐的。還好，他的罪沒有白受，堵住氣管的痰液被吸出以後，病人呼吸狀況得到了明顯的改善。

頸椎受損，必須立刻開刀，用手術方法將錯位的頸椎復位，恢復椎管的正常形態，這不是李傑的強項。同時，她的腦部還受到了嚴重的創傷，這種損傷只能依靠儀器來檢查，可是災區卻沒有需要的儀器。

現在階段能夠對傷者腦部所做的處理就只是包紮止血了。這樣可以保護腦組織，避免污染和增加損傷。李傑心裏覺得很遺憾，自己能做的只有這麼多了。

「注射先鋒黴素、破傷風抗毒素，輸血準備、手術準備！」他準備給傷者做椎管手術。

李傑這麼做其實是在冒險。在他看來，很明顯的是，從這位偉大的老師所遭遇的災難來看，沒有當場死亡已經是萬幸了。此刻，她頭部創傷、頸椎受損，這兩個最嚴重的傷都是難治的傷。在醫療設施完備的醫院，這樣的病症尚且是一個難題，更何況在這種連藥物也不能保證的簡單急救棚裏。

但是這個手術卻又不能不做，否則，也許她會出現這樣的後果：高位截癱將使她除了頭部以外，身上所有的地方都會失去知覺。

希望這次我的判斷是正確的。李傑虔誠地祈禱著。

手術刀在病人的頸椎部割開了一條缺口，李傑的手有一點點顫抖。

這是昨天長時間高強度勞動造成的。每一個外科醫生都十分愛惜自己的手，更別說超體力勞動了。一般來說，對手有損傷的事情，醫生都不會去做。手術刀可以說就是外科醫生的第二生命，而手就是控制這個生命的靈魂，但是在抗災救人面前，一切犧牲都是值得的。

他在極盡全力控制著顫抖的右手。

在場的人基本都沒有見過急救，更別說手術了。他們看見李傑給病人吸痰的時候，就已經對有些英俊的黑皮膚醫生完全信任了，但是等李傑開刀切開傷者頸椎部位體表的皮膚時，很多膽子小的學生還是害怕地閉上了眼睛。

這個缺口雖然不盡完美，但是已經達到了要求！李傑終於鬆了口氣，這艱難的第一步已經邁出，結果還算滿意。沒有經過CT和核磁共振等儀器的明確定位就施行開刀的人，恐怕李傑是第一個。如果要成功，需要他的技術與運氣都不錯——找到了正確位置而且沒有因為手發抖而造成多餘的損傷。

這一刀已經讓李傑滿頭大汗。

此時，手術刀已經如同注入了靈魂，李傑正準備再出刀！就在手術刀即將落下的一瞬間，突然有人高聲呼喊道：「李傑醫生，你快過來！快來救命啊！」

這個聲音李傑聽得出。雖然只是聽他說過一次話，但李傑也已將其聲音的特點深深地印在了腦海中，這是穆雷警官的聲音。他想，能讓他這麼失聲大喊，肯定是他孩子出事了。李傑這手術刀停在了半空中，不知道該落還是停。

兩方都是生命，兩條命都在等著救！

穆雷這鋼鐵一般的漢子再也忍不住了，眼看著兒子此刻的呼吸是出氣多進氣少、脈搏細弱幾乎感受不到，而且頭腫脹發紫。他精神已經近乎崩潰了，他想起了李傑。這附近唯一的醫生李傑，唯一能救孩子的人。

他此刻感到了深深的愧疚。孩子從小就失去了母親，作爲父親的他又經常加班，沒有好好照顧到兒子，但是兒子從來也沒有怪罪過他。這次地震災難來臨，他再一次感覺到自己對不起兒子，在救他的最後一刻，那塊巨大的水泥板突然斷裂，一部分掉在了孩子的身上。他覺得自己不是一個好父親，如果他能及時把孩子抱出來，也許不會發生這樣嚴重的情況。

穆雷抱起兒子瘋狂地跑向醫療棚，他知道，李傑醫生是他最後的希望。他一邊跑一邊呼喊著。

在他看到李傑那懸在半空中的手術刀時，他心都涼了，他知道，一個醫生再怎麼強，也不能同時救治兩個傷者，更何況一個人正在接受手術的過程中。

醫生是一個凡人，他沒有傳說中那神奇的分身術，即使醫術高超如李傑，在醫療設備齊全的醫院也不可能同時做兩個高難度手術。可是，李傑卻不由自主考慮去試試，因爲這裏只有他一個醫生，能夠救人命的也就只有他一個人而已！在經過激烈的瞬間思想鬥爭後，手術刀終於收了回去。

「保護好病人，給我兩分鐘！」李傑終於下定了決心。他一邊對護士這樣說，一邊對穆雷說：「快點把孩子抱過來！」

快速走到另一個病床邊，李傑心想，只能拚一次了，拚他能夠在短時間內確定孩子的傷情並且能夠做一下簡單的處理。兩個傷者不能同時醫治，必須先選擇其中的一個做簡單處理延緩生命。

李傑一邊給孩子做檢查，一邊聽他父親講孩子的受傷經過。這個孩子雖然被那個大水泥板壓倒了，但是卻沒有明顯的外傷，難道是內部臟器破裂？沒有儀器，診斷還真是一件困難的事情。

孩子呼吸困難，並且明顯缺氧，可是找不到傷口。

他被斷裂的水泥板砸到！也許是氣胸！

閉合性的氣胸，就是肺部漏氣而致呼吸困難、血氧降低。氣胸一般是在沒有外力作用下的髒層胸膜破裂後，氣體進入胸腔導致胸腔積氣而引起的病理狀況。

但是，氣胸還可能是因壓力的突然改變造成！李傑暗罵自己前一秒糊塗，總是從傷者的外傷來考慮問題，沒有想到體表就算沒有傷痕，也會有臟器的損傷。對，這症狀應該就是外力所致的氣胸！

李傑迅速扒開患者的衣服，在聽診器的幫助下，他立刻證實了自己的想法，這氣胸跟馮有為那次的心臟穿刺傷有著類似的致病機理。心臟穿刺是血液外漏，這次是氣體外漏。肺部的氣體漏出而充斥胸腔，是胸腔內壓力過大、肺內外壓力過小而致無法正常呼吸。

急救手術包只剩下最後幾個了，可隨著救災工作的加快，不知道還有多少傷患要救！

「韓營長！藥物器械都快要沒有了，希望你幫個忙！」李傑一邊說著，手上的動作卻不停，爲兩個病人開刀，應該重新消毒，但是這種情況下，只能是簡單換個手套而已。

韓超營長一直都在看李傑的手術，這兩個病人牽動了這裏所有人的心，一個是捨己爲人的英雄教師，另一個是抗震救災救人無數的穆雷警官的兒子。韓超不用李傑提醒，早已經去請求多送藥物器械多派醫生了。

好在現在進入市區的公路應該快要打通了，後續部隊也應該在救災的路上了。用不了多久，後援軍就會趕上來了。

李傑再次拿起手術刀，準備在傷者的肺部開一個小口，先將氣體排出減壓。突然，他覺得不對，這個孩子除了肺部漏氣，還有其他的症狀。扒開他的口腔，李傑發現孩子的口腔黏膜有出血性瘀斑，皮膚和眼結膜呈紫紅色並出現水腫。

李傑在心裏責怪自己，忙亂中，竟然和普通醫生一樣犯這樣的錯誤：治療病人的一種病，卻忽視了另一種。

「創傷性窒息，護士輸液！嗎啡，鎮痛！」李傑一邊說著，另一邊手術刀已經落下。他選擇了孩子靠近鎖骨的部位開了一個小孔，這裏開孔安全，沒有什麼怕被誤傷的器官。

已經過去了三分鐘，比李傑預想的時間要長！但是還沒有結束，孩子除了在脫險時的那次嚴重創傷，他在廢墟下還被壓了很久，巨大的水泥塊一直壓在他的身上，導致了身體傷害，特別是臀部，皮肉受損、瘀血積聚、皮膚腫脹變硬、皮膚張力增加，在受壓皮膚周圍有水泡形成。

沒有時間了！兩邊的病人都是急症，看這個孩子的狀況，如果處理不好，下肢可能需要截肢，對一個十幾歲的孩子來說，這是比死還難受的事情。

另一側，那位英雄的教師也在等待著。她後頸椎部已經被切開，暴露在空氣下。這裏不是無菌室，在這裏做手術本來就是一件很危險的事情。如果再拖下去，病人容易感染，頸椎的受損可能因為得不到及時治療而增大。

李傑焦慮萬分。

切口讓擁擠在胸腔內的氣體噴出，孩子的呼吸狀況已經明顯改善。

「靜脈注射……」

李傑這一系列的災區急救，讓圍觀的人們看得心驚肉跳。一個醫生同時治療兩個傷者，是聽都沒有聽過的。

孩子大腿後側的皮膚明顯緊繃，且有巨大的腫脹，觸目驚心的傷口有少量的水泡以及血

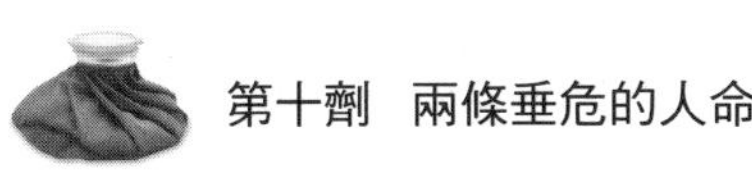

水，但是孩子卻似乎感覺不到痛苦。難道神經感覺已經喪失了？李傑用針頭在傷處一扎，孩子卻沒有絲毫的反應。

最擔心的事情發生了，患者已經喪失了感覺，如果不能及時治療，以後就只能截肢了，否則，壞死的肌肉會分解成有毒物質，隨著血液進入腎臟而造成嚴重的急性腎衰竭。

穆雷看到孩子竟然傷成這樣，心痛得不得了。他怎麼說也只是一個普通人，他想讓李傑全心全意治療兒子，但是他知道，那位英雄般的教師也需要治療。或許是當年當兵養成的習慣，或許是從小受到爲人著想這種教育的緣故，穆雷含著淚對李傑勸道：「去救救老師吧，我的兒子現在還能挺得住！」

穆雷的兒子要救，老師也要救！

李傑身上可以用的藥品已經不多了。他心想，要節約，要想法事半功倍。

「加大嗎啡量，鎮痛，按住孩子！」李傑命令著。之後，刀刃又劃過，切開皮膚，小心清除部分壞死皮肉。李傑覺得自己已經盡到了最大的努力，他把手中的手術刀轉身遞給護士，對護士說道：「現在你就是醫生，這個傷者由你負責，做引流術，將壞死組織產生的液體排除！」

李傑知道，這麼做是有一定風險的。他賭的是通往城市的道路已經貫通，後續的救援部隊馬上會趕過來。而且，這也是唯一的辦法，這是同時能救兩個人的唯一辦法。

「找個人去玫瑰花園廣場，叫個醫生過來，還有，讓他帶一些藥品！」李傑又想到了一個主意，他吩咐道，然後又報出了一些藥品的名稱。即使後續的救援隊不能馬上趕來，從玫瑰花園廣場那邊過來的藥品也可以暫時維持這兩個人的生命。

穆警官孩子的症狀已經得到暫時控制，現在是回頭醫治那位英雄教師的時候了。李傑原本的計畫是兩分鐘，但是情況超出了估計，他足足用了八分鐘才解決孩子的問題，折回身來。

讓李傑慶幸的是，這位老師的狀況完全在他估計之內，沒有因爲這幾分鐘的停頓出現明顯的惡化。

李傑甩掉已經弄髒的橡膠手套，又忙裏偷閒擦了擦汗水。現在，天氣熱得讓人頭暈，但是李傑卻不得不還在外面穿著白大褂。

他微微有些顫抖的右手持著手術刀在上次切開的傷口上劃撥，讓傷者的頸椎骨漸漸顯露出來。她的頸椎應該是受到了強烈的衝擊，骨頭已經微微變形。李傑心想，要首先恢復椎管的正常形態，然後爲她修復椎體骨折片。

這不是李傑的專長，他是心胸外科專家，他以前甚至都沒有做過這種手術，但是到了這個時候，也只能硬著頭皮上了。

如果不施救，這位老師全身癱瘓是肯定的了。如果做了手術，有可能避免這種惡劣結果的出現。

每一個動作他都小心翼翼，如果他多動一下，都有可能給傷者造成不可逆轉的傷害。李傑的這個手術基本是一個人在完成，這裏雖然也有護士，但是他們根本沒有上過手術台，唯一能幫李傑做的就是擦汗，避免汗流到他眼睛裏。

手術很緩慢，李傑費了九牛二虎之力才將椎骨復位，這是第一步也是最重要的一步。突然，他看見手術刀似乎在抖動，他無法精確地確定位置，他以爲是自己的手在顫抖。

不對，不是手術刀在抖，也不是自己的手抖，而是地震，是餘震又來了！

一次強烈的餘震又來了！大地在劇烈晃動，幾乎讓人站立不穩，一些心理脆弱的孩子驚慌失措地尖叫著。

啪！固定帳篷的繩子斷了，力不再平衡，支撐帳篷的杆子也紛紛倒掉，巨大的帆布頂掉落下來。傷者頸椎受損，現在已經切開，最害怕的就是受到外力的再次損傷。

餘震持續了幾秒鐘就結束了，巨大的帆布被外面的人們撤去以後，人們發現李傑趴在了老師的身上，仔細一看，他沒有碰到這老師的身體，他是用自己的身體弓起來替她擋住了帆布。帆布或許並不沉重，但是對於這正在接受手術的老師來說，卻是一丁點的衝擊也經受不起的。

昏暗的天空中依然飄著小雨，眾人趕緊將這位老師轉移到一個完好的帳篷中。李傑覺得他的胳膊痛得要死，他伸手一抹，全是血。

又是手術刀！剛才保護老師的時候，他不小心被手術刀傷到了。鋒利的手術刀劃破了衣服，直接割破了手臂。

「李醫生，你的胳膊包紮一下吧！」好心的護士提醒道。

「沒時間了，繼續手術！注意不要讓傷者淋到雨。」

遠處的天空傳來陣陣驚雷，不知道這雨什麼時候能停。李傑用紗布在自己的傷口上簡單止了一下血，就準備繼續投入到手術中。

此時，他背後傳來一個聲音道：「停下來吧，你不能做手術了！你的傷口這樣下去，會感染的，什麼抗生素都不頂用了！」

回頭一看，不知道是哪裏來的醫生。從那一襲整潔的白衣就可以看出來，這個醫生應該是剛剛抵達的。

路打通了麼？李傑心想，現在距離地震不到四十八小時，埋在廢墟中的人還有很大的希望。

「好罷，交給你了！將椎體骨折片除去，椎板塌陷修復！」李傑發現自己的手在抖，只得停下來。

「不用你說，我知道！」白衣醫生沒好氣地說道。

李傑對這個壞脾氣的傢伙只是笑笑，並沒有說什麼。他脫掉沾滿血液與灰塵的白大褂，找了個水泥磚坐下。

終於可以休息一下了！李傑回過神來，才覺得胳膊很痛。從他拿手術刀那天起，他就一直在病人身上劃來劃去，這還是他第一次感受到被鋒利的手術刀劃的滋味。

手術刀很鋒利，只不過一個不小心劃了一下，就在前胳膊上留下了一個兩釐米左右的傷口，傷口很深，血液也在不住地流。

剛才因爲忙著做手術救人，注意力都集中在了傷者身上，沒有什麼感覺，現在他是真感覺到這個看起來不起眼的小傷口的痛了。

現在，所有人都在忙著，一些人在繼續尋找被掩埋的倖存者，另一些人在照顧傷患。李傑因爲受傷的是右手的前臂，他只有左手一隻手能用，所以他自己要重新做仔細的包紮很困難。

李傑用嘴咬著繃帶一頭，然後用左手扯著繃帶另一頭，在受傷的手臂上做螺旋似的纏繞，可是纏了幾次都不行。不是太鬆就是不夠整齊，連續幾次失敗後，李傑發狂了，將繃帶一甩，不包紮了！

此刻，一位一襲白衣的「天使」出現在李傑面前，她的聲音毫無感情並且帶著一絲冷傲。她接過李傑手中的繃帶，一邊熟練地進行著包紮，一邊淡淡地說道：「你的傷口很深，要防止化膿感染，特別是破傷風。」

李傑只是笑笑，眼前這個女醫生就是剛才接手李傑手術的壞脾氣醫生。她脾氣雖然不好，但是技術卻不錯，短短的時間內，她竟然將那位教師的頸椎手術做完了。

「那位老師怎麼樣？」李傑很關心那位讓人敬佩的教師。

這位有著一頭烏漆黑長髮的白衣女醫生猶如冰人一般。她看了李傑一眼，然後淡淡說道：「還好，沒有被你治死！這次是你運氣好，蒙對了地方，也是我來得早，及時頂下你，來爲她治療！這次你是好心，小心下次再這樣冒險會吃官司！」

李傑聽著她的話，依然一副笑嘻嘻的樣子，這個冰冷的女醫生應該是把李傑當成庸醫了。也不怪她，李傑在著急救人時，好多做法都不符合規定。他認爲，這種艱苦的條件下，就要用非常的手段，這個女醫生是剛剛來災區，還沒有弄清楚情況。

「哎喲，輕點！」

女醫生白了李傑一眼，將繃帶打了一個結，然後說道：「你這傷口老出血，不用力怎麼行?真不知道你是怎麼當的醫生，這個都不懂，還敢幫人開刀。」

「教訓得是！你是軍醫大學畢業的吧！」李傑笑道。他是從這個女醫生的包紮手法裏看出來的。

李傑其實不是怕疼，這裏的物資缺乏，繃帶也少，他是心疼多用紗布。這麼緊壓的止血包紮，到時候必須換藥換紗布。如果包紮得寬鬆點，就不用換了，但是會損失一些血液。對這個女人，李傑可不想多跟她計較，這樣的女人一看就是難纏的傢伙。

「南方軍醫大學！好了，你找個地方去休息吧！不能再動了……」說完，她便轉身離開了，

這個女醫生，一副心高氣傲的樣子，也不知道她是因爲心高氣傲而冰冷，還是爲了維持那心高氣傲的樣子而冰冷。

她應該是才從大學裏剛剛畢業的小孩子!李傑心想，在災區還總用常規的方法，應該是這樣。不過，現在道路打通了，問題也不大了，藥品器材很快就不會再像前兩天一樣缺少了。

胳膊上的傷口經過包紮以後，已經沒有那麼痛了，活動也不受影響了。李傑袖子上全是血，他很想將衣服脫掉，但是又沒有什麼合適的衣服可以換的。

就在李傑打算繼續加入醫療工作的隊伍中時，那未坍塌的中學大門處又來了一群人。走在最前面的，是一個年紀在五十歲上下的老人，身後跟了十來個看似他下屬的人。

這個人就是抗震救災的總指揮陳書記。他在災難發生不到兩小時就趕到了現場。那個時候，公路還沒有打通，他是冒著危險，沿著滿是廢墟的路走進來的。

陳書記告訴大家：「整個救災工作現在進行得很順利，超過一半受災群眾都已經脫險了。當然，傷亡的人也不少，但總體上來說，工作還是成功的！」

陳書記的到來，讓在場救災的軍人和群眾大受鼓舞。大家聽說這位老書記一直都戰鬥在第一線，從災難發生開始，他就一直站在群眾的身邊。

陳書記身後跟了不少人，其中有一個，李傑覺得很面熟，回想一下，這人不就是那個記者麼！

要是沒有這個記者，李傑還不會一衝動跑這個中學來！這個記者本來也是要跟李傑來的，但因採訪任務太重而放棄了。

李傑想上去跟這個記者打個招呼，然後問問他玫瑰花園廣場的情況。他有點擔心石清，她那柔弱的身體不知道怎麼樣了。

李傑剛站起來，還沒有上去問，就看到韓超營長一路小跑到陳書記面前，行了一個標準的軍禮，然後兩個人的手緊緊握在一起。李傑聽不到他們說什麼，但他能想像得出的無非是「韓超同志辛苦了」「爲人民服務……」之類的話。

陳書記與韓超握了手以後，就繼續去視察了。

中學的救災進程沒有因爲這位書記的到來而停頓，在陳書記的鼓舞下，救災的戰士和群眾情緒更加高昂，他們一直在雨中持續高強度地工作，即使剛才強烈的餘震也沒有讓他們停頓。

「嗨！你還記得我不？」李傑抽了個空，跑到那個記者身邊問道。

記者疑惑地看了一會兒李傑，恍然大悟道：「你是那個醫生，想起來了，那位護士大姐的孩子找到了麼？」

「還不知道，救出來很多孩子，但是那位護士大姐的孩子也不知道在不在其中！」李傑黯然道。

「但願吧！現在道路打通了，增援部隊正從四面八方趕來。救人進程會加快！而且陳書記也指示，第一中學是重點地區。」記者平靜地說著。他看到了李傑胳膊上的傷，於是又問道：「你這個傷是怎麼回事？」

「沒事，也就是受點小傷！」李傑這麼說著，心裏卻想到了另外的一些事情。

陳書記每次看望災區的受災群眾都是含著眼淚，這次也不例外，他是在爲整個城市的受災而哭泣，也在爲第一中學的老師和孩子們的慘境而哭泣。

「吊車什麼時候能到？」陳書記對秘書問道。

「還不清楚。如果路上順利，晚上應該能到！」

「告訴他們，三個小時內必須到！」陳書記怒道。他對這個救災援助隊伍的速度很不滿意，雖然他知道這不是他們有意怠工。

秘書擦了擦頭上的汗水，趕緊去處理這件事情。

「陳書記，我們這裏醫療人員不夠，這麼多人一直都是一個醫生在堅持！剛才在手術中，他還受傷了！多虧了剛剛又趕來一名醫生！能不能……」韓超是想請求多派一些醫療人員。

陳書記視察了那個簡易的醫療棚。廢墟裏很多被救出的孩子，他們都在打著點滴，還有其他非師生傷患也在醫療棚裏。

陳書記很難想像一個醫生能照看這麼多病人。

「我會調醫生過來，另外這位醫生是誰，我想見見他！」陳書記一邊說著一邊朝著坍塌的建築廢墟走去。

連夜的大雨將這些廢墟上的水泥和磚頭淋得濕漉漉的，水泥和磚頭的表面都變得很滑，再加上這廢墟到處都是凸起。陳書記年紀大了，加上連日的勞累，他精神不夠集中，腳下一滑，整個人倒了下去。

韓超營長反應很快，看到陳書記滑倒，他伸手一抓，那強壯的手臂一下就將瘦弱的書記拉了起來。這個廢墟到處都是碎石和水泥斷裂後露出的鋼筋，他擔心陳書記摔倒在上面會受嚴重的傷。

陳書記的那幾個驚魂未定的跟從者趕緊扶著他去休息。

「陳書記受傷了，快去看看！」記者天生對突發事件比較敏感，也不再多說就拉著李傑跑過去。

李傑是個醫生，他剛剛跑過去就被熱心的人們推上去給陳書記看傷。李傑是第一次離這個老人這麼近，這個老人很瘦，身體似乎不是很好，再加上連日的勞累，他已經到了體力的極限。

李傑將他的鞋子脫掉，簡單檢查了一下說道：「扭到腳了，雖然很疼，但傷不是很嚴重！休息一下就好了！」好在這次運氣不錯。

「謝謝你啊！我本來就沒有事，你辛苦了，一個醫生照顧這麼多病人！」陳書記說道。

他的話讓李傑有些不好意思，他來這裏純粹是個偶然，能做這麼多，他自己都沒有想到，多虧了他比較黑，看不出臉紅。

「陳書記，我們藥品不足！希望能多調撥點。而且，我們一直在忙著救人，防疫這方面做得不夠！」這也是李傑剛剛想起來的，他在給陳書記看傷的時候，發現遠方隱匿處，居然有一個人躲在一邊大便。這讓他想起來，災區中很多地方衛生處理不便，容易滋生病菌。

「嗯，的確，這幾天光想著救人去了，防疫工作做得不是很好，我們要保證大災之後無大疫。」他說完又轉過頭去對身後的秘書說道，「徵調的藥品應該到了，需要分配一下。另外，處理一下防疫方面的事。小趙就你去吧！就讓這個李醫生來幫你吧！」

李傑沒想到這個陳書記竟然也不問問他的意見就分配任務，但是他沒拒絕，這件事情總是要有人辦的，李傑雖然不是專門搞預防醫學的，可他也基本上知道防疫的基本要點。其次就是他手臂的傷，這個傷距離手太近了，他不可能再做手術了，因爲這樣容易污染到傷病者。他現在能做的，對災區最有幫助的事情也就是這個了，於是也就一口應承下來。

這個秘書姓趙，高高瘦瘦的，平時總是一副文靜的樣子，可是現在他卻是一張苦瓜臉。陳書記一會兒讓他調車，一會兒又讓他辦藥品，都是費力的活兒。不過當個秘書就要忍著，再困難的事情也要處理好。

冰冷的女軍醫聽說李傑要去調集藥品來做傷處理和災後的預防，整個人的臉色都變了。她找到李傑，依然是那副冰冷的語氣說道：「都準備好了麼？知道我們現在缺什麼藥品麼？」

「碘酊溶液、腎上腺素注射液、洛貝林注射液、異丙腎上腺素注射液、泰諾林控釋片、創口貼、口服補液鹽……」李傑脫口說道。他對於這個冰冷女軍醫的質疑根本不放在心上，反而覺得她這副冰冷的樣子挺有意思。

「哼！別忘記消毒水、雨衣、雨鞋、蚊帳、水壺！給水消毒的漂白粉也要！還有……」她又一口氣說了一大堆名詞。

李傑懶洋洋地說道：「我知道了。這麼多東西也要有才可以！好了，我走了！對了，我覺得你是主攻腦外科的吧！」剛剛邁出一步，李傑又回頭道。

「是的！有什麼問題麼？」

李傑也不回答，笑嘻嘻地跑掉了。

冰冷的女醫生一個人呆呆地站在那裏，那副冷若冰霜的臉上露出了一絲憤怒。她覺得這個黑黑的庸醫有點可惡，讓人討厭。

C市附近有一個小縣城叫做B縣，距離C市二十公里，災情不比C市差多少。

可是，這裏的道路受損害比較小，主要幹道在軍人的連夜奮戰下都已經打通，而且最主要的鐵路線也基本修復，用不了兩天就能通車了。

正因爲如此，物資都是先統一運送到這裏，然後再分發到各個災區群眾的手裏。

趙秘書和李傑乘著陳書記的專車趕到B縣，發現捐贈的藥品基本上都是災區急需的，現在這個時候送來藥品的基本都是國營的企業。

李傑這次來，作用可以說是很小，他只需挑選災區最需要的東西，然後動用有限的運輸力量運過去就好了。

車緩緩駛入B縣了。眼前到處都是逃難的災民和搶險救災的戰士等。

可怕的災難奪取了無數人的生命，儘管全國上下不遺餘力地救災，盡最大的努力來幫助災民，但很多事情是無奈的，比如災害造成有人死去，李傑唯有感慨。

車轉了幾個彎，最後停在一片帳篷十分密集的地方。這裏很多地方升起了炊煙，到處是忙忙碌碌的人們，倖存的災民大多聚集在這裏。

李傑等人來到這裏時，吸引了大批災民的注意，他們紛紛投來疑問的目光。

「我先去找人，你在這裏等等我啊！」趙秘書對李傑說完就下了車。

李傑在車上無聊地趴了一會兒，趙秘書還是沒有回來，他覺得這樣子在這裏待下去很容易睡著，於是決定下車去透透氣，順便看看這人口密集的地方的衛生防疫做得如何。

李傑剛剛下車沒有走幾步就看到不遠處一輛滿載貨物的大卡車顛簸著行駛而來。

難道是援助物資到了？李傑心想。

車上裝得滿滿的，上面蓋著巨大的帆布，不知道具體裝的是什麼東西，但無論是什麼，在這個時候都是救命的東西。

災民們也都看到了卡車，很多人都出來迎接這救命的車，隨著消息的傳遞，越來越多的人走出帳篷，滿懷期望地看著這救命的卡車。

車停下後，出來了一個四十多歲的人。他一身誇張的暴發戶打扮，並且那粗脖子上還戴著一個手指粗的項鏈。這個人李傑認識，就是在醫院與他鬧事的粗脖子。這次，他身後還有一個小跟班，大約二十出頭，挺靦腆的，就跟在他後面。

這個粗脖子暴發戶的樣子本來是有點讓人討厭的，但是李傑覺得他現在挺可愛的，起碼比原來可愛多了。

「大家注意了啊！我這裏現在有帳篷、睡袋以及各種藥品！現在大家這裏遭受了地震災害，我作爲一個中國人，不能眼睜睜地看著同胞們受這樣的苦難！所以，我運送了這些東西過來！」

他的話沒有說完，就已經有人鼓起掌來，零星的掌聲最後連成了一片。

金項鏈粗脖子有些不好意思，撓了撓頭，然後揮手示意大家安靜，然後又說道：「我家小業小不能貢獻太多，所以我只弄了這麼一次，我打算賣……」

李傑距離他很近，從剛剛有人鼓掌的時候，李傑就注意到他表情不對，剛才聽到他想說要賣，立刻拉住他的手打岔說道：「太感謝你了！我代表災區人民感謝你！我代表國家感謝你！」

粗脖子一看，這個人怎麼這麼眼熟，但是他卻想不起來這個人是誰，到底在什麼地方見過，於是對李傑說道：「不敢當，不敢當，我這個是打算……」

「什麼也別說了！我都明白，我需要你的這些東西，去我的車裏如何，我們私下來談如何？」李傑小聲說道。

粗脖子仔細地打量了李傑一會兒，商人的直覺告訴他，跟李傑這個小子合作可能有風險，但是風險總是伴隨著利潤，這不能讓他不動心！

趙秘書跟隨在陳書記身邊時，從來都是謙卑恭敬的樣子。可是，一旦到了他自己一個人的時候，就像變了一個人，他沒有了那種溫文爾雅的謙虛，取而代之的是充分的自信，好像他就是位一把手領導。

他這次接到陳書記給的任務後，沒有直接去執行，而是偷偷跑去辦了一點私事。離開了陳書記，就沒有人敢指責他，所以他可以大搖大擺地去辦事。他這時剛剛辦完私人事情，才從帳篷裏出來，就發現外面的情形有些不對。

原本安靜的環境現在變得鬧哄哄的，並且在帳篷區不遠處，不知道什麼時候開來了一輛裝滿救災物資的卡車。

難道是一個私人的災區救援隊？

幾個年輕力壯的小夥子興奮地跳上卡車，將救災物資一件又一件扔下去，而其他人則在下面有秩序地分發各自所需要的物品。

在災區，這些物資都是無比寶貴的，可是沒有人爲這些物資爭搶，地震過後的這些受災的群眾自發地在一起組成了一個大的家庭，每一個人都是家庭的成員。

運抵來的物資屬於這個大家庭的全體成員，大家相互推讓著，將急需的食品藥品優先送給最需要的人。

趙秘書看到了歡天喜地的群眾，氣急敗壞的粗脖子，還有得意洋洋的李傑。

粗脖子感覺自己今年挺倒楣，今年也不是他的本命年，不知道爲什麼運氣這麼背。他不久前在醫院白白挨了一次打，這次一車物資又沒有了，眼下人們在哄搶他的東西，他卻已經阻止不了，眼睜睜地看著這些人將他的東西搬走。

「你，你要賠給我！」粗脖子氣急敗壞。

李傑白了他一眼，說道：「怎麼能讓我賠？你這東西不就是捐助的麼？難道你要賣？你不知道投機倒把罪名很大麼？」

粗脖子一聽，立刻怒火沖天拉著李傑的衣領就要動粗。李傑既然敢耍他，就不怕他。李傑淡淡地說道：「你可弄明白了，從頭到尾你也沒有說一個賣字。剛剛我們倆談話也是沒有說一個賣字！我還以爲你這是行善救災呢！要不你現在也可以去要回來，我想大家不會恨你這個奸商。」

粗脖子一聽，更加惱火，這裏李傑說得沒錯。他從開始就沒有說一個買字，而自己每次要談價錢，他都會說一些什麼「替災區人民感謝你！」「你就是現在的模範商人！」等等話來敷衍他。

眼前這個黑小子明顯是在玩自己，粗脖子想，不管這個傢伙會是什麼身分，這一車物資他可是花大價錢買來的，準備牟取暴利，沒有想到竟然夢想破滅！

發國難財的人其實不少，碰到李傑也算這傢伙倒楣。不過李傑也不打算再撒一把鹽。這個傢伙這麼一車貨物價格不菲，這個教訓對他來說已經足夠了。

「別傷心了，我會儘量讓你挽回損失的！」李傑貌似沉痛地拍著他的肩膀說道。粗脖子一聽，好像抓到了救命的稻草，他拉著李傑的手眼淚汪汪地說道：「我這是全部家當啊！你讓我以後怎麼活？」

李傑心中不由得又對這個傢伙增加了幾分鄙夷，心中暗罵，你高價賣給災區群眾救命物品的時候怎麼不想想人家怎麼活？

請續看《醫拯天下》第二輯之四　偷樑換柱

醫拯天下II 之三 驚心動魄

作者：趙 奪
發行人：陳曉林
出版所：風雲時代出版股份有限公司
地址：105台北市民生東路五段178號7樓之3
風雲書網：http://www.eastbooks.com.tw
官方部落格：http://eastbooks.pixnet.net/blog
Facebook：http://www.facebook.com/h7560949
信箱：h7560949@ms15.hinet.net
郵撥帳號：12043291
服務專線：(02)27560949
傳真專線：(02)27653799
執行主編：劉宇青
美術編輯：吳宗潔

法律顧問：永然法律事務所 李永然律師
北辰著作權事務所 蕭雄淋律師

版權授權：蔡雷平
初版日期：2015年4月
初版二刷：2015年4月20日
ISBN ：978-986-352-135-8

總 經 銷：成信文化事業股份有限公司
地　　址：新北市新店區中正路四維巷二弄2號4樓
電　　話：(02)2219-2080

行政院新聞局局版台業字第3595號 營利事業統一編號22759935

定價 ：280元　　特惠價 ：199 元

國家圖書館出版品預行編目資料

醫拯天下.第二輯/ 趙奪著. -- 初版. -- 台北市：風雲時代，
2015.01- ;　公分

ISBN 978-986-352-135-8 (第3冊：平裝). --

857.7　　　103026479